CHRONIQUES D'EIDOLON
LE PAYS
SECRET

1ER ÉPISODE

Illustration de couverture : Benjamin Chaud

Titre original : *The Secret Country*
Pour l'édition originale publiée en Grande-Bretagne par Simon & Schuster UK Ltd,
London.
© Jane Johnson, 2005

© Éditions du Seuil, 2007 pour la traduction française
Dépôt légal : avril 2007
ISBN : 978-2-02-093034-5
N° 90034-1
Imprimé en France

www.seuil.com

Jane Johnson

CHRONIQUES D'EIDOLON
LE PAYS SECRET

1ER ÉPISODE

*Traduit de l'anglais
par Nathalie M.-C. Laverroux*

Seuil

PREMIÈRE PARTIE
ici

⚲ 1 ⚳

L'ANIMALERIE DE M. DODDS

À première vue, Ben Arnold n'avait rien d'extraordinaire, avec ses cheveux blond paille toujours mal coiffés, ses jambes maigres et ses grands pieds. Mais son regard était perdu dans le vague, et en l'observant de plus près, on voyait qu'il avait un œil noisette, normal, et que l'autre était d'un vert très vif et brillant. Ben attribuait la cause de cette bizarrerie à un accident survenu quand il était encore bébé. Sa mère lui avait raconté qu'un jour, alors qu'elle marchait dans High Street en le poussant dans son landau, il avait sorti sa tête à un moment inopportun et s'était cogné contre un réverbère. Elle s'était hâtée de l'emmener à l'hôpital et quand il en était ressorti, un de ses yeux était devenu vert. C'était aussi simple que cela. Ben ne pouvait pas vraiment se souvenir de cet incident, mais il n'y pensait plus depuis longtemps. Il avait d'autres préoccupations.

Ce samedi matin, il marchait d'un pas rapide en direction de Quinx Lane, le cœur battant d'excitation. Il avait fait des économies pendant plusieurs semaines.

Un jour, en sortant de l'école, il avait vu quelque chose de très étrange en écrasant son nez sur la vitre de l'animalerie de M. Dodds. Depuis, cela lui avait trotté sans arrêt dans la tête. C'était même devenu une obsession. Au milieu de tout l'attirail coloré de la boutique, deux magnifiques « rares poissons guerriers de Mongolie » (d'après ce qui était écrit sur l'étiquette orange), rutilants comme des pierres précieuses, allaient et venaient dans un aquarium brillamment éclairé. Leurs nageoires s'agitaient comme des étendards au bout de la lance des chevaliers du Moyen Âge. Leur nom correspondait-il vraiment à leur façon de vivre ? s'était demandé Ben. Et si c'était le cas, comment des poissons s'y prenaient-ils pour se battre ? Après avoir pris une profonde inspiration, Ben était entré dans le magasin pour s'enquérir de leur prix. En l'apprenant, il avait failli s'évanouir. Maussade, il était rentré chez lui et s'était plongé dans un silence obstiné, imaginant divers moyens de gagner de l'argent. Chaque jour, il était allé voir si les poissons étaient encore là. Jamais de toute sa vie il n'avait éprouvé une telle envie de posséder quelque chose.

Des poissons guerriers de Mongolie !

Il en rêvait. Il les convoitait. Jusque-là, ce verbe n'avait évoqué pour lui que de vagues associations bibliques. Chaque soir, quand il se couchait, il imaginait les poissons nageant dans un aquarium plein de mystère avec sa lumière douce et ses plantes aquatiques. Et quand il s'endormait, les poissons continuaient à nager dans ses rêves.

Il avait économisé l'argent reçu pour son anniversaire (au moins douze livres), ainsi que son argent de poche et tout ce qu'il pouvait gagner en faisant des courses et des petits boulots. Il avait lavé la voiture de son père (trois fois, bien que ce fût une vieille Morris et que le fait de la frotter semblât plutôt mettre en valeur les taches de rouille) ; il avait tondu la pelouse des voisins (et un parterre de fleurs, quand la tondeuse avait échappé à son contrôle, mais heureusement, les voisins n'avaient rien remarqué) ; il avait épluché des pommes de terre et nettoyé des fenêtres ; il avait passé l'aspirateur, épousseté, repassé ; il n'avait pas hésité à changer les couches de sa petite sœur (ce qui avait été *vraiment* horrible), pour la plus grande joie de sa mère.

Il n'avait pas tardé à réunir une jolie petite somme, qu'il transportait toujours avec lui afin que sa sœur aînée ne la voie pas.

– Tu as de l'argent à ne plus savoir qu'en faire. Il va te brûler les poches ! lui avait dit sa mère pour le taquiner.

Que se passerait-il si cet argent lui brûlait *réellement* les poches ? s'était demandé Ben. Une fois que ce serait fait, s'arrêterait-il de brûler en arrivant à la hauteur de ses jambes ou continuerait-il jusqu'à ses pieds, pour s'enfoncer dans la rue puis dans les égouts et tout au cœur de la terre ? Dieu seul savait ce qui risquait d'arriver s'il n'achetait pas ces poissons : cela provoquerait peut-être la fin du monde !

Il quitta High Street pour emprunter Quinx Lane. Le magasin était là, coincé entre le supermarché

Waitrose et la pharmacie Boots. L'enseigne en haut de la façade l'annonçait en grosses lettres dorées : ANIMALERIE DODDS. Le père de Ben disait que ce magasin était le spécimen d'un temps révolu. Ben comprenait à peu près ce qu'il voulait dire sans toutefois pouvoir l'exprimer en paroles. C'était une boutique remplie de fouillis et de curiosités, de merveilles et de choses bizarres. Ben ne savait jamais ce qu'il allait y découvrir. Parmi les étincelantes cages argentées, les colliers, les laisses et les jouets couinants, les paniers pour chiens et les couffins pour chats, les paquets de litière et de graines de tournesol, les hamsters et les perroquets, les lézards et les bébés labradors, il avait toujours la vague impression qu'il allait tomber sur un enchevêtrement de tarentules, un nid de scorpions, un griffon endormi ou un paresseux géant. (Ce qui ne lui était jamais arrivé, mais il ne désespérait pas).

Retenant sa respiration, Ben regarda par la vitrine, qui n'était pas très nette. Ses poissons guerriers de Mongolie étaient toujours là, au fond de la boutique. Ils nageaient avec la plus grande insouciance, sans se rendre compte que leur vie était sur le point de changer à tout jamais : car aujourd'hui, ils allaient quitter l'animalerie de M. Dodds et voyager dans le plus beau sac en plastique que l'argent avait jamais permis d'acheter, jusqu'à la chambre de Ben. Première porte à droite sur le dernier palier, à Grey Havens, 27 Underhill Road, juste après l'arrêt du bus n° 17. Et cet après-midi, l'horrible oncle Aleister allait apporter un vieil aquarium qui n'avait plus aucune utilité chez lui. (« horrible » était le qualificatif que Ben associait systématiquement au nom de son oncle, pour de nombreuses raisons : son oncle parlait très fort, il avait un rire qui ressemblait à un braiment, et il était dépourvu de sensibilité. De plus, avec tante Sybil, il avait engendré Cynthia, la cousine que Ben avait en horreur.)

Sentant le poids du destin entre ses mains, Ben poussa la lourde porte à poignée de cuivre. Ses oreilles furent aussitôt assaillies par une cacophonie de piaulements, gloussements, grattements, bruissements d'ailes, ronflements, aboiements. C'était plutôt inquiétant. Dieu merci, pensa soudain Ben, les poissons étaient silencieux. Même des poissons guerriers de Mongolie ne devaient certainement pas faire beaucoup de bruit ? Un animal familier mal élevé représenterait une terrible épreuve pour sa pauvre mère, comme tante Sybil le lui avait très souvent rappelé. À vrai dire, elle savait de quoi elle parlait, car les piranhas de Cynthia n'avaient pas été des animaux de compagnie exemplaires. Mais cela était une autre histoire.

Depuis quelque temps, la mère de Ben n'était pas très en forme. Elle s'était plainte de fatigue et de maux de tête. La peau, sous ses yeux, était devenue fine et sombre. Personne ne savait ce qu'elle avait, mais apparemment, elle allait de plus en plus mal. Comme disait le père de Ben, elle avait toujours été délicate. Cependant, depuis quelques semaines, sa santé avait décliné brusquement. Maintenant, elle préférait se déplacer dans un fauteuil roulant. Le soir, Ben était très triste quand son père la prenait, tendrement, dans ses bras pour l'emporter dans leur chambre.

Parfois, Ben surprenait son père assis à la table de la cuisine, la tête dans les mains.

– On dirait qu'elle est allergique au monde entier, avait-il dit un jour avec désespoir.

Mais elle n'était pas allergique aux animaux. Elle les aimait. Elle savait s'y prendre avec eux. Les chats errants venaient près d'elle, surgissant de nulle part. Dans la rue, les chiens s'approchaient d'elle et fourraient leur museau dans ses mains. Les oiseaux se posaient à ses pieds. Ben avait même vu un pigeon atterrir sur son épaule, comme s'il voulait lui dire quelque chose. Et elle avait encouragé Ben à faire des économies pour qu'il achète ces poissons.

– Le fait de prendre soin d'animaux nous donne le sens des responsabilités, lui avait-elle expliqué. Ce sera très bon pour toi de t'occuper d'autre chose que de toi-même.

Un client passa devant lui, et pendant un bref instant, Ben eut terriblement peur qu'il n'aille tout droit au comptoir prier l'assistant de M. Dodds de lui emballer ses poissons ; mais au lieu de cela, l'homme attrapa un sac de croquettes, déposa vivement un billet de dix livres sur le comptoir et s'en alla sans attendre sa monnaie. Derrière la porte, au bout d'une grosse laisse solidement attachée à la poignée de cuivre, un immense chien noir le regardait d'un air mécontent. La salive dégoulinait de ses babines rouges. Impatiemment, Ben enjamba un sac de paille renversé, contourna une collection de manteaux écossais fermés par une boucle, aux formes curieuses, se faufila dans une étroite allée de cages, dont l'une contenait un oiseau noir tapageur, aux yeux orange, et une...

Brusquement, il fit une pause.

Il voulut se remettre à marcher, mais quelque chose – ou quelqu'un ? – le retenait par-derrière. Il jeta un coup d'œil par-dessus son épaule. Il n'y avait personne. Secouant la tête, il fit une seconde tentative. Mais une fois de plus, il fut tiré en arrière. Il avait dû accrocher sa veste à une cage.

Il se retourna avec précaution pour ne pas aggraver l'accroc. Il n'avait pas envie de rentrer chez lui avec deux poissons guerriers de Mongolie et une veste déchirée. Tripotant l'endroit qui semblait coincé, il trouva non pas une pointe, ni un fil de fer mais quelque chose de chaud et fourré, et cependant dur comme l'acier. Se dévissant la tête jusqu'à en avoir mal au cou, il baissa les yeux. C'était un chat. Un petit chat noir et brun aux yeux dorés et luisants. Avec une grande détermination, il tendait la patte à travers les barreaux de sa cage et enfonçait ses petites griffes pointues dans sa veste. Ben sourit. Il était vraiment adorable ! Ben tenta de se libérer, mais le chat y mit les deux pattes avec une obstination redoublée, labourant et déchirant sa veste. Maintenant, Ben ne souriait plus. Il fronçait les sourcils.

– Lâche-moi ! dit-il entre ses dents en essayant d'écarter les puissantes griffes.

Le chat le regarda sans cligner des paupières. Puis il dit très distinctement, d'une voix aussi grave et rauque que celle d'un détective privé américain ayant la mauvaise habitude de fumer :

– Il n'est pas question que tu sortes de cette boutique sans moi, petit.

Abasourdi, Ben l'observa. Puis il regarda autour de lui. Quelqu'un d'autre avait-il entendu, ou était-il en train de rêver tout éveillé ? Cependant, les clients s'occupaient de leurs affaires ; l'un d'eux examinait les hamsters, qui dormaient comme des loirs, empilés les uns sur les autres ; un autre poussait une petite baguette vers un perroquet dans l'espoir de lui faire répéter des gros mots ; un autre encore achetait une dizaine de souris vivantes pour nourrir son python...

Ben se retourna vers le chat, qui le regardait toujours à sa manière déconcertante. Il commença à se demander s'il avait vraiment des paupières, ou si c'était pour économiser son énergie qu'elles ne clignaient jamais. Ben songea qu'il était peut-être devenu fou. Il voulut en avoir le cœur net.

– Je m'appelle Ben, dit-il.

– Je le sais, rétorqua le chat.

2

UN COUP DE CŒUR INATTENDU

– Je viens acheter des poissons, déclara Ben d'une voix ferme. Des poissons guerriers de Mongolie.

Le chat n'avait toujours pas cligné des paupières.

– Ceux qui sont là-bas, tu vois ! ajouta Ben.

Le chat tourna brièvement un regard désabusé vers les aquariums installés contre le mur du fond. De ses griffes, il continuait à retenir Ben par la veste.

– Oh ! Des poissons ! dit-il. Qui a envie d'acheter des poissons ? Personne ne voudrait d'un animal de compagnie tout mouillé.

– Si, moi ! protesta Ben d'un ton véhément. J'ai économisé pendant des semaines.

– Mais un poisson, qu'est-ce que c'est capable de *faire ?* demanda le chat en prenant un ton très grave. Ils passent leurs journées à nager dans tous les sens.

Il réfléchit un instant.

– Et parfois, ils meurent et se mettent à flotter à la surface. Il n'y a pas de quoi se vanter. Ce n'est pas comme s'ils exerçaient une grande influence sur le monde.

– Ceux-ci, dit Ben avec fierté comme s'ils lui appartenaient déjà, ce sont des poissons guerriers de Mongolie. Ils... se battent.

Le chat le regarda d'un œil réprobateur. Ben aurait juré qu'il avait relevé un sourcil, mais les chats ayant des poils partout et pas seulement au-dessus des yeux, c'était difficile à dire.

– Visiblement, tu connais très mal les poissons, commenta le chat avec une indéniable nuance de mépris. Des poissons guerriers de Mongolie !

Il fit claquer sa langue.

– Cela n'existe pas. C'est juste une stratégie commerciale. Il y a tant de jolis poissons à choisir : comment persuader un garçon de se séparer de son argent durement gagné ? En donnant aux poissons un nom excitant et en laissant l'imagination du client faire le reste !

Il finit par cligner des yeux.

Ben était furieux.

– Ce n'est pas vrai ! Je les ai vus en photo dans *L'Incontournable Encyclopédie des poissons...*

– Qui était l'auteur de cet estimable ouvrage ?

Ben se concentra très fort. Il se remémora la couverture du livre, avec les magnifiques anges de mer, les poissons archers, les chiens de mer, les poissons-chats et les chimères, les raies bouclées, les mérous et les gobies. Et au milieu d'eux, au milieu d'une mer de nageoires et d'écailles, en grandes lettres noires aux lignes aussi pures que celles d'un requin, le nom A.E. DODDS...

Ben resta complètement décontenancé.

– Tu veux dire que c'est une astuce ?

Le petit chat acquiesça d'un signe de tête.

– La pire forme de mensonge.

Il posa sur Ben un regard solennel.

– En Mongolie, il n'y a presque que de la terre. De toute façon, elle est pratiquement entièrement déserte. Aucun poisson ne pourrait y vivre.

– Tu vas bientôt me dire qu'ils ne se battent pas non plus.

Le chat haussa les épaules.

– Ils se disputent peut-être un peu.

Une ombre tomba sur Ben.

– Je te demande pardon, mon garçon, dit une voix inconnue. Qui est-ce qui ne se bat pas ?

Ben leva les yeux. M. Dodds se tenait devant lui. Ou plutôt, il planait au-dessus de lui, car c'était un homme gigantesque. Il ne ressemblait pas à un propriétaire d'animalerie : il n'était pas âgé et il n'avait pas une apparence bienveillante. Il ne portait pas de salopette couverte de poils de chien, ni de petites lunettes en forme de demi-lunes, et il n'avait pas une odeur de nourriture à base de lapin. Non. M. Dodds était vêtu d'un costume italien impeccablement coupé, à revers étroits et boutons brillants. Il avait un nœud papillon confectionné dans une espèce de fourrure au motif bizarre, comme une peau de léopard fluorescente, et son sourire était aussi étincelant qu'une publicité télévisée vantant une pâte dentifrice.

Ben recula légèrement. C'était le genre de réaction que M. Dodds provoquait.

– Euh... les poissons guerriers de Mongolie, répondit-il.

– Erreur, mon garçon ! Ils se battent comme des diables. Pas ici, naturellement, ils ont trop de distractions. Mais emmène-les dans une jolie pièce bien calme et ils vont se jeter à la gorge l'un de l'autre en un rien de temps. Ce sont de charmants animaux de compagnie.

Ben commençait à avoir de sérieux doutes quant aux rêves qu'il avait nourris ces dernières semaines. Même si M. Dodds disait la vérité, l'idée d'avoir deux poissons qui aient réellement envie de se faire du mal perdait un peu de son attrait. Bravement, Ben planta son regard dans les yeux de M. Dodds. Ils étaient très grands, et si noirs qu'ils semblaient n'avoir que des pupilles et pas d'iris, comme s'ils avaient absorbé toute la lumière disponible sans renvoyer le plus léger reflet.

– Il paraît, dit Ben d'un ton nerveux, que certains animaux ne sont pas à la hauteur de leur réputation. Et aussi, s'empressa-t-il d'ajouter, que la Mongolie n'a pas d'océan et qu'il n'y a donc pas de... poissons, là-bas.

Les yeux de M. Dodds s'élargirent légèrement. Une seconde plus tard, son sourire réapparut. Mais il était loin d'avoir une expression amusée.

– Et qui peut bien t'avoir donné cette remarquable information, mon garçon ? s'enquit-il d'une voix mielleuse.

Ben baissa les yeux.

– Vas-y, Ben ! l'encouragea le chat de sa voix rauque. Dis-lui tout !

Il lui adressa un sourire qui ne lui fut pas d'un grand secours.

Ben leva de nouveau les yeux sur M. Dodds. Celui-ci transperçait le chat d'un regard furibond, qui trahissait son envie de l'étrangler, ou peut-être même de n'en faire qu'une bouchée, avec la fourrure. Malgré cela, il était difficile de savoir s'il avait capté leur conversation ou si, tout simplement, il n'appréciait pas beaucoup d'avoir cet animal dans son stock.

– Euh..., bredouilla Ben, je ne m'en souviens pas. J'ai dû le lire dans un livre.

– Mais bien sûr ! lança le chat, sarcastique. Ce doit être dans celui de M. Dodds intitulé *Le Grand Livre des mensonges* ?

Soudain, le propriétaire de l'animalerie se baissa en toute hâte, et le chat poussa un hurlement. Horrifié, Ben se retourna. Avec une douceur feinte, M. Dodds était en train de dégager les griffes de sa veste.

– Hop là ! dit-il d'un ton léger. Ton petit ami s'était empêtré dans ton vêtement.

Ce disant, il exerça une méchante torsion sur la dernière griffe et repoussa le chat d'une main décidée. Le félin cracha, les oreilles aplaties sur la tête, puis il se retira au fond de sa cage.

M. Dodds se releva, paraissant plus immense que jamais.

– Il faut écouter ton cœur, mon garçon. Tu dois suivre ses désirs. Ce n'est pas bon de rêver de quelque chose et de ne pas faire l'impossible pour réaliser son rêve.

Il lorgna Ben et lui adressa un coup d'œil encourageant.

– Fais ce que tu dois faire, mon garçon : dépense l'argent que tu as épargné pendant toutes ces semaines. Tu ne voudrais pas qu'il te brûle les poches, hein ?

Il s'avança vers les aquariums, s'empara de la petite épuisette en plastique afin de pêcher les poissons guerriers de Mongolie, et tourna vers Ben un regard expectatif.

Ben baissa les yeux vers le petit chat noir et brun, qui s'était accroupi au fond de la cage, la patte blottie contre son poitrail. Il tourna vers Ben un regard malheureux mêlé d'une fureur à peine contenue. Ben sentit un défi, une invitation. Il regarda les poissons. Complètement indifférents à ce qui les entourait, ils nageaient harmonieusement en formant des cercles sous le pont miniature qui décorait leur habitacle. L'un d'eux remonta à la surface et se cogna la tête au tuyau d'arrivée d'air ; la lumière artificielle faisait scintiller ses écailles comme des rubis et des saphirs. Décidément ils étaient très jolis, mais probablement pas très malins. Ben reporta son regard sur M. Dodds – qui se tenait comme un serveur dans un restaurant chic, le couvercle de l'aquarium dans une main, l'épuisette dans l'autre, prêt à exécuter son ordre – et il prit une décision capitale.

– Combien coûte le chat ? demanda-t-il.

Mais M. Dodds ne se laissa pas décourager.

– Cette petite bête ne peut pas convenir à un gentil garçon comme toi. Elle a très mauvais caractère.

Un feulement s'éleva de la cage.

– Ne crois pas un mot de ce qu'il dit !

Le chat était assis, les pattes agrippées aux barreaux.

– Je n'ai jamais mordu personne, ajouta-t-il.

Puis il grommela :

– Enfin, personne qui n'ait pas mérité d'être mordu.

Il lança un regard dur à M. Dodds, avant de tourner des yeux implorants vers Ben.

– Il faut que tu me sortes d'ici...

Une main lourde tomba sur l'épaule de Ben. Il releva la tête. Le propriétaire du magasin lui souriait d'un air bienveillant. Ben ne savait plus où il en était.

– Écoute-moi, mon garçon, déclara M. Dodds en l'entraînant à l'écart. Je te propose une remise spéciale sur les poissons : deux pour le prix d'un... Qu'en penses-tu ? Je ne peux pas faire mieux, hein ? Remarque bien que je vais être obligé de fermer boutique si je me laisse aller à ma nature généreuse !

Son sourire s'élargit. Il avait des dents extraordinairement pointues, remarqua Ben. Elles ressemblaient davantage à des dents de chien qu'à des dents d'humain. Peut-être même à des dents de requin...

– Non, monsieur Dodds, j'ai changé d'avis. Je ne veux plus les poissons. Je veux le chat. Il est...

Il chercha une description convaincante.

– ... vraiment joli !

– *Joli ?*

Le chat faillit s'étrangler d'indignation.

– Tu devrais ménager un peu ma dignité ! *Joli*, vraiment ! Est-ce que tu apprécierais si je disais que tu es *joli* ?

Maintenant, M. Dodds fronçait les sourcils, et son sourire poli manquait de sincérité.

– Désolé, mon garçon, mais tu ne peux pas acheter ce chat, dit-il entre ses dents serrées. Je l'ai promis à quelqu'un.

– Il n'y a pas d'étiquette indiquant qu'il est déjà vendu, fit remarquer Ben.

M. Dodds se pencha vers lui, le visage congestionné.

– Écoute-moi bien, mon garçon : ici, tu es dans ma boutique, et je vends mes marchandises à qui je veux. Et cela ne me plaît pas de te vendre ce chat. Tu as compris ?

Un gémissement terrible s'éleva derrière eux. Tous les clients interrompirent ce qu'ils étaient en train de faire et tournèrent la tête. Le chat se tordait dans sa cage, les pattes serrées contre son ventre. Il hurlait comme un putois. Ben se précipita vers lui.

– Qu'est-ce qui t'arrive ?

Le petit chat lui adressa un clin d'œil.

– Ne t'inquiète pas : j'ai quelques tours dans ma fourrure...

Il poussa un cri à vous déchirer les tympans.

M. Dodds lui décocha un regard noir de fureur. Puis, s'accroupissant pour se mettre à son niveau, il dit doucement :

– Ne crois pas que tu vas t'en tirer comme ça. Je connais tes astuces.

Une jeune femme, qui portait un bébé sur le bras,

parut très choquée par sa dureté. Elle murmura quelque chose à son mari, qui donna une petite tape sur l'épaule de M. Dodds.

– Excusez-moi, dit-il, mais ce chaton paraît souffrant. Vous devriez peut-être faire quelque chose pour lui ?

M. Dodds lui adressa un sourire à la fois mielleux et menaçant.

– C'est un sacré comédien, ce chat, rétorqua-t-il. Il ferait n'importe quoi pour qu'on s'intéresse à lui.

Une dame plus âgée, très grande et portant des lunettes colorées, intervint d'un air affairé.

– C'est absurde ! s'exclama-t-elle. La pauvre petite bête ! Les animaux sentent toujours quand quelque chose ne va pas.

Elle tendit un doigt potelé à travers les barreaux. Le chat se laissa tomber faiblement sur le flanc et frotta son museau contre lui.

– Aaaah, dit-elle. Ils savent reconnaître un humain qui peut leur sauver la vie.

Ben vit que la chance lui souriait.

– Je veux l'acheter et l'emporter chez le vétérinaire, dit-il d'une voix forte. Mais M. Dodds refuse de me le vendre, il veut que j'achète des poissons qui valent très cher.

Une petite foule s'était réunie autour d'eux. Les gens chuchotaient en secouant la tête. M. Dodds avait l'air en colère, et très mal à l'aise. Le chat décocha un regard éloquent à Ben.

– Bon, très bien, finit par déclarer M. Dodds en serrant ses dents terrifiantes.

Il lança un sourire à la ronde et laissa tomber sur l'épaule de Ben une main toute paternelle. Ben sentit ses ongles s'enfoncer dans sa peau à travers sa veste. Ils étaient aussi durs et acérés que des griffes.

– Tu peux acheter cette créature, déclara M. Dodds.

Quand les autres clients se furent éloignés, M. Dodds lui indiqua le prix du chat. Non seulement Ben devait donner tout l'argent qu'il avait mis de côté pour les poissons guerriers de Mongolie, mais il fallait aussi qu'il se sépare de la somme réservée à ses transports en bus. M. Dodds prit l'argent de très mauvaise grâce et partit à pas lourds au fond de la boutique pour aller chercher une boîte en carton. Ben se pencha vers le chat.

– Je me demande ce qui se passe ici, dit-il gravement. Dès que nous aurons quitté ce magasin, il faudra que tu me donnes quelques explications. J'ai fait des économies pendant plusieurs semaines, et je ne sais pas ce que mes parents vont dire en me voyant revenir avec un chat qui parle à la place des poissons.

L'animal roula les yeux.

– Considère seulement que tu viens de franchir la première étape pour sauver le monde, d'accord ? Si cela peut te rassurer ! Attention, le voilà qui revient. Tais-toi et conduis-toi comme un client reconnaissant.

Ben suivit ses ordres, et il le fit si bien que M. Dodds finit par se sentir obligé de lui offrir deux boîtes de pâtée pour chat « en geste de bonne volonté ». Deux minutes plus tard, Ben se retrouvait dans la rue, un carton dans les bras, les deux boîtes posées dessus en un équilibre précaire. Alors qu'il descendait lentement Quinx Lane, il sentit dans son dos le regard perçant de M. Dodds, jusqu'à ce qu'il ait tourné dans High Street. Là, la circulation et les passants, qui faisaient leurs achats, créaient une agitation qui rendit la dernière demi-heure encore plus bizarre. Ben commençait à croire qu'il venait d'avoir une espèce d'hallucination, ou qu'il avait rêvé en dormant debout, quand la boîte se mit à parler.

— Merci, Ben, déclara solennellement l'inimitable voix rauque. Tu m'as littéralement sauvé la vie.

Ben tendit la boîte devant lui pour regarder à travers les trous d'aération. Comme s'il n'attendait que ça, un petit museau rose émergea, renifla une fois ou deux et disparut.

— Donc, tu *parles* vraiment, dit Ben dans un souffle. Je croyais que je l'avais imaginé.

— Tout ce qui vit parle, Ben, mais tout le monde n'est pas capable de l'entendre, répondit le chat sur un ton énigmatique.

3

LES PIRANHAS DE CYNTHIA

Grey Havens, 27 Underhill Road, était une maison jumelée ordinaire, située dans une longue rangée de maisons jumelées ordinaires, à la périphérie de la ville, mais Ben l'aimait bien. Toujours chaude en hiver et fraîche en été, elle était confortablement meublée, pleine de coins et de recoins secrets et poussiéreux ; dans le jardin de derrière poussait le plus grand pommier que Ben eût jamais vu, un arbre qui produisait chaque été des centaines de délicieuses pommes rouges et vertes, et qui avait encore eu la générosité de le laisser grimper dans ses branches pour y construire une cabane. Ben avait toujours vécu à Grey Havens, et d'habitude, quand il tournait au coin du petit terrain de football et qu'il apercevait sa maison, son cœur se mettait à battre plus fort. Aujourd'hui, cependant, tandis qu'il sortait de Parsonage Road pour emprunter Underhill Road, son cœur faillit s'arrêter. La Jaguar noire et brillante d'oncle Aleister était garée devant sa maison, bloquant l'allée qui accédait au numéro 27.

– Oh non ! soupira Ben, anéanti.

Il n'aimait pas l'horrible frère de sa mère, ni Sybil, la femme d'oncle Aleister. Et il détestait particulièrement leur fille, l'horrible Cynthia. Tous les trois habitaient dans l'autre partie de la ville, après Aldstane Park, dans l'une des nouvelles propriétés pour « cadres » dont les gigantesques maisons imitaient les vrais manoirs Tudor, avec des pelouses qui ressemblaient à des moquettes vertes et moelleuses, et des fleurs qui poussaient exactement à l'endroit et au moment où elles étaient censées pousser. Il n'y avait jamais une mauvaise herbe devant la maison de l'horrible oncle Aleister. Jamais une mauvaise herbe n'aurait osé gâcher cette parfaite symétrie. Tout, dans la maison, paraissait flambant neuf, depuis les moquettes d'un blanc éclatant jusqu'aux canapés et aux fauteuils de cuir rose pâle. La mère de Ben marmonnait souvent d'un air sombre que tante Sybil devait sortir les sièges de leur emballage en plastique juste avant que les visiteurs ne sonnent à la porte (la sonnette jouait une charmante version de *Vive le vent*), car elle n'arrivait pas à comprendre comment on pouvait garder cette teinte si impeccable tout en menant dans ce décor une vraie vie de famille. Il n'y avait rien de l'agréable fouillis qui se trouvait chez Ben : journaux, livres, paquets de biscuits, dessins à moitié terminés, jeux et cartes postales, morceaux de bois et cailloux ramassés au cours de ses promenades. Non, chez oncle Aleister, on s'asseyait, mal à l'aise, au bord du canapé (sauf si c'était un jour particulièrement chaud et que tante Sybil annonçait qu'elle allait mettre un tissu pour éviter que la transpiration ne coule sur le cuir), et on serait dans une main un verre de pamplemousse amer en restant silencieux pendant que les adultes échangeaient poliment des banalités. La plupart du temps, oncle Aleister tirait des bouffées d'un gros cigare et se vantait d'avoir encore gagné une énorme somme d'argent au cours d'une transaction. En retournant à la maison, le père de Ben disait que « cet argent-là ne pouvait être gagné que sur la misère des autres ». Et bien que Ben n'ait pas la moindre idée de la nature du travail de son oncle, il hochait la tête d'un air entendu.

L'autre torture, quand il allait les voir, c'était d'accompagner Cynthia à l'étage pour admirer ses dernières acquisitions.

La dernière fois, c'étaient des piranhas.

Apparemment, Cynthia n'avait jamais des animaux de compagnie normaux. Ou plutôt, s'il lui arrivait d'en avoir, ils ne vivaient pas longtemps. Une fois, elle avait eu un bébé collie très joueur. Mais il avait mystérieusement disparu le lendemain du jour où il l'avait mordue. Son lapin avait réussi à recouvrer la liberté en creusant un tunnel au fond du jardin de derrière. Ensuite, sa tarentule s'était suicidée en se jetant sous les roues de la Jaguar d'oncle Aleister. Et la dernière fois qu'on avait vu le boa constrictor de Cynthia, l'année précédente, c'était au moment où il disparaissait dans les toilettes. Cependant, les piranhas, c'était encore une autre histoire.

Au début, Cynthia en avait eu huit. Huit horribles petits monstres aux vilaines dents en saillie qui se chevauchaient. La cousine Cynthia – une fille aux yeux verts et aux coudes pointus, et si maigre que cela faisait peine à voir – avait invité Ellie et Ben pour le thé dans le but de les leur montrer.

– Regardez ! avait-elle crié en balançant joyeusement un poisson rouge au-dessus de leur aquarium (c'était le dernier survivant du lot qu'elle avait gagné à une fête).

Il roulait les yeux en gigotant, il savait ce qui l'attendait. Épouvanté, Ben avait dévisagé Cynthia, la bouche ouverte pour protester, mais avant qu'il en ait le temps, Cynthia avait souri et lâché le poisson rouge. L'eau de l'aquarium était devenue sombre et agitée.

Quand elle s'était enfin éclaircie, il n'y avait plus trace du poisson rouge ; et curieusement, les piranhas semblaient être moins nombreux.

Ben les avait comptés. C'était difficile car ils nageaient en tous sens. Mais il s'était obstiné. Un, deux, trois, quatre, cinq, six... sept... il les avait recomptés. Encore sept. Il y en avait sept, définitivement. Le huitième avait disparu, en même temps que le poisson rouge. Les piranhas l'avaient regardé d'un œil vide comme s'ils voulaient lui dire : « Eh bien, à quoi t'attendais-tu ? Après tout, nous sommes des piranhas. » Ensuite, Ben avait complètement abandonné l'idée de manger des chips et des bâtonnets au poisson, pour le thé. Après avoir marmonné des excuses, il était rentré chez lui. Le week-end suivant, il ne restait plus qu'un seul piranha, ce que Cynthia lui avait appris à l'école.

Elle paraissait ravie. Un seul piranha bien gras, et qui avait l'air très satisfait.

Plus tard, lui avait-elle raconté, il était devenu tellement affamé qu'il s'était dévoré lui-même.

Cela, Ben n'avait jamais très bien compris comment c'était possible ; mais puisque l'oncle Aleister allait installer dans sa chambre l'aquarium que le piranha avait occupé, afin qu'il puisse y mettre ses poissons guerriers de Mongolie, il était évident que le dernier piranha de Cynthia n'en avait plus besoin.

Ben descendit lentement la rue. Il n'était pas pressé d'annoncer que l'aquarium n'était plus utile. En arrivant chez lui, il déposa le carton par terre avec précaution.

– Je reviens tout de suite, chuchota-t-il. Reste tranquille, ne fais pas de bruit.

Avant même d'ouvrir la porte, il sentit l'odeur du cigare de l'horrible oncle Aleister. Et dès qu'il l'ouvrit, il entendit son horrible rire. Pendant un instant magique, Ben eut un espoir fou : son oncle était peut-être venu lui annoncer que, finalement, il ne pouvait pas lui prêter l'aquarium. Mais au lieu de ça, il était en train de dire à son père :

– Cet aquarium est magnifique, Clive. Il est de premier choix. S'il pouvait contenir tous ces piranhas, il sera bien assez grand pour deux minuscules poissons siamois.

– Des poissons guerriers de Mongolie, corrigea automatiquement Ben.

Oncle Aleister tourna la tête et lui jeta un regard mauvais à travers un nuage de fumée. Comme il avait d'énormes sourcils noirs qui se rejoignaient presque pour former une grosse chenille poilue, c'était très difficile de savoir à quel moment il n'avait pas un regard mauvais.

– Ne sais-tu pas que c'est très mal élevé de contredire tes aînés, Benny ? Nous en savons plus que toi !

– Mais..., commença Ben.

Il referma la bouche en voyant son père secouer la tête.

– Oui, mon oncle.

– Allons, viens, Benny, dit l'oncle Aleister d'un ton bienveillant.

Il le prit fermement par une épaule et le conduisit dans l'entrée.

– Je vais te montrer ce superbe aquarium. Ton père et moi, nous nous sommes amusés pendant deux heures à l'installer pour toi. Tes petits poissons pourront y danser tout leur soûl.

Ben jeta un regard désespéré à son père par-dessus son épaule. M. Arnold, qui se trouvait derrière oncle Aleister, leva les yeux au ciel.

– Va voir, mon grand, dit-il. Nous avons fait un beau travail.

C'était vrai. L'aquarium était installé à l'endroit précis où Ben l'avait imaginé, sur la commode, en face de la fenêtre, afin que la lumière de l'après-midi puisse jouer à travers les plantes vert émeraude, et qu'elle éclaire chaque bulle d'air qui sortait du système complexe de filtrage sous la forme d'une parfaite sphère argentée.

– C'est... euh, époustouflant, finit-il par dire.

L'oncle Aleister eut un large sourire.

– Je te l'avais bien dit ! Sans parler que c'est une excellente affaire pour toi, Benny, car il ne coûtait que trois cents livres, à Noël dernier. En échange, ton père a gentiment accepté de venir tailler nos haies. Il est très doué de ses mains, ton père.

Il lui ébouriffa les cheveux, ce que Ben détestait particulièrement. Mais ce qu'il détestait par-dessus tout, c'était d'être appelé Benny.

– Il est vraiment très doué, continua l'oncle Aleister. Je lui dis toujours que si le travail manuel avait la même valeur que le fait de diriger une affaire commerciale, c'est lui qui serait millionnaire et qui vivrait à King Henry Close, et c'est moi qui habiterais ici, dans cette affreuse masure. Ah, ah !

Son horrible rire résonna autour de la pièce, et le père de Ben, qui venait d'apparaître à la porte, eut un faible sourire.

– Eh bien, où sont tes poissons ? demanda-t-il afin de détourner Aleister de son sujet de conversation favori. Voyons si leur nouvelle demeure va leur plaire !

Ben était pétrifié. Il ne trouvait pas le moindre mot à dire, ni la moindre chose à faire. Complètement paniqué, il marmonna quelque chose d'inaudible et dégringola l'escalier. Non seulement son oncle allait le tuer pour lui apprendre à le déranger inutilement, mais son pauvre père allait être obligé de travailler pendant des heures dans son jardin. Et il aurait l'horrible tante Sybil sur le dos. Elle n'arrêterait pas de le harceler : « S'il te plaît, Clive, ne marche pas sur la pelouse... »

Au pied de l'escalier, la mère de Ben fit silencieusement son apparition, comme par magie. Sa nouvelle chaise roulante ne grinçait absolument pas, elle ne faisait aucun bruit. Mme Arnold était une femme de petite taille, qui paraissait fatiguée. Elle avait des cheveux blond clair et des yeux très vifs. Elle portait dans ses bras Alice, la petite sœur de Ben. Pour l'instant, Ben cherchait la meilleure excuse susceptible d'expliquer pourquoi il était revenu sans les poissons : Quelqu'un les lui avait arrachés des mains devant l'animalerie ? Ils avaient contracté une maladie rare et ne pouvaient pas être transportés ? Le commerçant avait vendu les derniers poissons guerriers de Mongolie et il devait en commander d'autres en Mongolie, ce qui risquait de prendre au moins six mois ?... Il se concentrait si fort qu'il faillit trébucher sur la chaise roulante.

– Oups ! Pardon, maman !

Sa mère lui adressa un long clin d'œil. Cela lui arrivait de temps à autre, et Ben ne savait jamais très bien ce qu'elle voulait lui faire comprendre. Mais chaque fois, il avait l'impression qu'elle lisait en lui jusqu'au plus profond de son âme. Ce n'était pas la peine d'essayer de lui mentir.

Malgré tout, il n'arrivait pas à croire qu'elle allait

accueillir le chat avec enthousiasme. Continuant à se triturer les méninges, il ouvrit la porte d'entrée.

Le carton se trouvait toujours au même endroit, mais quelqu'un avait posé artistiquement un sac de plastique transparent au milieu du palier. De l'eau s'échappait du sac, qui était déchiré, et coulait le long des marches pour former un long ruisselet jusqu'au sentier du jardin. Au bout du sentier, un gros chat de gouttière roux se léchait les pattes d'un air très concentré. Ben fronça les sourcils. Que diable se passait-il ?

– Ne dis rien !

La voix s'élevait de très près du sol.

– Prends seulement l'air bouleversé. Tout se passera bien.

Ben s'agenouilla près de la boîte pour essayer d'en savoir plus, mais au même instant, des pas précipités se firent entendre. Sa sœur Ellie et sa cousine Cynthia arrivèrent en courant, vêtues d'un étrange assortiment de fausses fourrures aux couleurs criardes (qui détonaient terriblement avec les cheveux orange vif et les yeux verts de Cynthia), complété par des écharpes et de ridicules chaussures à talons hauts. Cynthia jeta un coup d'œil à Ben, qui paraissait sous le choc, et au sac déchiré, puis au chat. Et elle éclata de rire. Son rire fit naître dans l'esprit de Ben l'image d'un petit cochon recevant des coups de manche à balai. Le rire de Cynthia attira la mère de Ben vers la porte. Mme Arnold observa la scène en arquant un sourcil.

– On s'amuse bien ici !

Cynthia riait tant qu'elle se tordit les pieds. Ce qui ne fit rien pour la calmer. Des larmes de joie coulaient sur ses joues, mais Ben était toujours aussi perplexe.

– Ah, les chats ! couina sa cousine. Ce qu'ils peuvent être... cruels !

Mme Arnold jeta un regard méprisant à sa nièce, qui était maintenant affalée sur la pelouse et se tenait les côtes. Finalement, la mère de Ben baissa les yeux sur les marches d'escalier.

– Quelqu'un a laissé tomber quelque chose.

Cynthia rit de plus belle.

– Ce chat...

Elle désigna le gros chat roux, qui se faufilait sous la palissade, sa queue formant un grand point d'interrogation.

– Il..., continua Cynthia en riant toujours, il a mangé les poissons de Ben !

Ben voulut dire quelque chose, mais il se ravisa. Il fixa le palier humide, puis le chat qui disparaissait, et enfin le carton, ce qui ne lui fut d'aucun secours. Quelques poils de moustache apparurent brièvement à travers un trou et disparurent aussitôt de sa vue.

– Oh, Ben... ! dit Ellie.

Pour une fois, elle était à court de mots.

– Tout ce temps passé..., murmura sa mère, tous ces efforts...

Mais Ben baissait la tête pour cacher le sourire radieux qui commençait à s'élargir sur ses lèvres.

Cependant, son soulagement fut de courte durée.

— Regardez ! s'écria Cynthia en se relevant prestement et en se jetant sur la boîte. Qu'est-ce que c'est ?

Ben sentit son cœur tomber comme une pierre au fond de ses baskets.

— Ben m'a apporté des boîtes pour mon nouvel animal !

Un peu plus tard, Cynthia et son père s'en allèrent. D'humeur massacrante, oncle Aleister remit l'aquarium et le système de filtrage dans le coffre de sa voiture, et Cynthia serra contre sa poitrine maigre les deux boîtes de pâtée pour chat malhonnêtement gagnées. Elle avait une expression bizarre, mais Ben n'en comprenait pas la signification. Avec un grand coup de klaxon et un crissement de pneus, la Jaguar s'élança dans la rue en direction de la ville. Sans rien dire, Ellie, Ben et leurs parents la regardèrent s'éloigner. Puis M. Arnold secoua la tête.

— Je sais que c'est ton frère, Lisa chérie, dit-il à Mme Arnold, mais je ne peux pas le supporter. Il n'y a que l'argent qui l'intéresse.

— Clive, dit Mme Arnold en lui tapotant le bras, je suis sûre qu'il n'est pas plus heureux pour autant.

— Surtout avec une fille comme Cynthia, dit Ben à voix basse.

Ellie réprima un sourire.

Leurs parents restèrent un instant silencieux. Puis M. Arnold dit en riant :

— Pas étonnant que les piranhas se dévorent entre eux !

Il embrassa son épouse sur la tête.

– Je vais te faire du thé.

– Comment te sens-tu, Ben ? demanda doucement sa mère.

Relevant de nouveau un sourcil, elle prit l'expression que M. Arnold qualifiait de « malicieuse ».

– Ça va, répondit Ben. Je vais faire un petit tour dans le jardin.

Pendant que son père poussait la chaise roulante vers la cuisine, Ben, encore abasourdi par le mystère de la disparition des poissons fantômes, crut entendre son père parler de Cynthia et d'un chat, mais il ne comprit pas vraiment ce qu'il disait.

4

LE PAYS SECRET

Dès qu'ils eurent regagné la cuisine, Ben ramassa la boîte en carton. Il la souleva avec une telle facilité qu'il faillit perdre l'équilibre. Quelque chose ne tournait pas rond... La boîte était trop légère.

Elle était vide.

Ben se releva et regarda autour de lui avec anxiété, mais il ne vit aucune trace du chat. Cynthia l'avait-elle volé ? se demanda-t-il. Ou s'était-il échappé de la boîte ? Il voulut l'appeler, mais il se rendit compte qu'il ne connaissait pas son nom. Il fit le tour du jardin en murmurant : « Minou, minou ! » mais c'était ridicule. De plus, comme s'ils répondaient à son appel, d'autres chats apparurent quelques minutes plus tard à pas feutrés sur le mur de devant, près du portail et sur la clôture, tandis que plusieurs têtes félines pointaient à travers la haie. Ben était de mauvaise humeur.

— Allez-vous-en ! dit-il d'un ton dur. Vous n'êtes pas mon chaton !

Une chatte blanche et menue, avec une tête anguleuse et des yeux clairs, se glissa par le portail.

– Tu es vraiment mal élevé, dit-elle très distinctement.

Ben la regarda d'un air ébahi. Au bout d'un moment, il se ressaisit.

– Alors toi aussi, tu parles ?

La chatte blanche se mit à rire, et tous les autres en firent autant. Un gros chat brun, qui avait une tache dorée sur un œil, traversa la pelouse en se dandinant et lança d'une voix rauque :

– Bien sûr que nous parlons ! Est-ce que ça te ferait plaisir si nous te prenions pour un parfait imbécile ? Montre-nous un peu de respect, petit Glauque.

Ben fronça les sourcils.

– Hein ?

– Hein ? Hi-han, fait l'âne, dit la chatte blanche. Ta mère ne t'a pas appris les bonnes manières ? Tu devrais présenter des excuses à ce matou, ajouta-t-elle d'un air plein de sagesse.

– Excuse-moi, dit Ben automatiquement.

Il passa une main sur son front couvert de sueur. Que faisait-il là, à s'excuser devant une bande de chats ? Il jeta un coup d'œil vers la maison, au cas où son père sortirait et le verrait. Quant à sa mère, elle n'en penserait rien de particulier. Elle passait son temps à parler à son entourage, qu'il s'agisse d'êtres vivants ou d'objets inanimés. Elle parlait aux mouches, aux araignées, aux plantes ; elle parlait à la voiture, à l'aspirateur, au lave-linge ; et une fois, il l'avait même surprise en train de faire un discours à une fourchette.

— Je deviens fou, se dit-il. Je perds complètement la boule. Ce doit être génétique.

— À mon avis, tous les Glauques sont fous.

Cette opinion émanait du gros chat roux que Ben avait vu un peu plus tôt. Dressé sur ses pattes arrière, il s'étirait de toute sa hauteur contre le portail, auquel il appuyait une épaule, dans une attitude curieusement humaine. Comme pour écarter les soupçons, il se laissa retomber à quatre pattes.

— Les Glauques ? répéta Ben. De quoi parles-tu ?

Tous les chats éclatèrent de rire, telle une meute de hyènes ; on aurait dit qu'ils n'attendaient que cette occasion.

— Je parle des humains ! répondit le gros chat roux. Les humains sont grands et lents, et complètement dépourvus de magie ; c'est pourquoi nous les nommons des « Glauques ».

Se sentant obscurément insulté, Ben changea de sujet.

— Je cherche mon chaton. Il était encore dans ce carton il y a une minute. Est-ce que vous l'avez vu ?

La chatte blanche lui adressa un clin d'œil. Ou peut-être avait-elle quelque chose dans l'œil qui la gênait ?

— Je ne crois pas qu'il apprécierait que tu le traites de chaton !

— Désolé, dit Ben. Je ne le connais pas très bien, je viens juste de l'acheter dans le magasin de M. Dodds. En tout cas, pour un chat adulte, il est un peu efflanqué.

Le silence s'installa parmi la bande de chats. Quatre ou cinq d'entre eux se rassemblèrent de toute urgence pour un conciliabule secret. Puis le groupe finit par s'éparpiller. Apparemment, le gros chat brun venait d'être élu porte-parole car il leva sa queue très touffue en prenant un air important, puis il s'éclaircit la voix avant de déclarer :

— Aucun Glauque ne peut vraiment posséder un chat, jeune homme, aussi nous sommes désolés, mais nous ne pouvons pas t'aider dans tes recherches. Nous rendrions un très mauvais service à notre espèce en faisant tomber un autre de ses membres sous la tyrannie humaine. Trop de chats ont été achetés et vendus contre leur gré et se sont retrouvés tatoués, ou avec un collier autour du cou, ce qui est particulièrement humiliant.

Il montra son propre collier, un élégant ruban de velours rouge complété d'une petite clochette en argent et d'une étiquette en plastique portant son nom.

Le chat de gouttière roux sauta avec grâce par-dessus le portail principal et atterrit aux pieds de Ben. Posant un regard insolent sur le gros chat brun, il dit d'un ton dédaigneux :

— Inutile de raconter n'importe quoi. Je sais où se trouve le Vagabond. Suis-moi.

Il traversa le jardin en trottinant, passa devant le fauteuil Morris et les poubelles, dont l'une était couchée sur le côté, son contenu éparpillé sur les pavés. Il remonta l'allée jusqu'au jardin de derrière. Sans hésiter, il traversa la pelouse et s'arrêta au pied du pommier.

— Il est là-haut, déclara-t-il en levant les yeux vers la cabane.

Le petit chat l'attendait. Il s'était installé confortablement sur une vieille couverture et faisait sa toilette avec des gestes nonchalants. Ben se hissa par le trou du plancher de la cabane et le regarda d'un air las.

— Bon, dis-moi exactement ce qui se passe... Pourquoi m'as-tu empêché d'acheter mes poissons ? De quoi le monde doit-il être sauvé ? Et qu'est-ce que c'était que cette histoire de sac en plastique rempli d'eau qui débordait sur le palier ?

Il fit une pause pour respirer. Le Vagabond se contenta de sourire.

— Et comment se fait-il que je sois brusquement harcelé par des chats qui parlent ? Et toi, qui es-tu ?

— Maintenant, Ben, tu vas te calmer, dit le chat d'une voix traînante de cow-boy. Une chose après l'autre. Tout d'abord, je ne t'ai obligé à rien : tu as choisi de me secourir – même si c'était à cause de mes gémissements, qui venaient du fond du cœur. C'est extrêmement gentil de ta part d'avoir donné toutes tes économies pour moi. La question de sauver le monde, nous l'aborderons plus tard. Quant aux poissons... eh bien...

Il fit la grimace.

— Ils ne correspondaient pas vraiment à la publicité, comme c'est souvent le cas dans la vie, et en particulier dans l'animalerie de M. Dodds.

Le Vagabond étira une patte et commença à se nettoyer avec application entre les orteils.

— Continue ! ordonna sèchement Ben.

– Je suis bien élevé ! rétorqua le chat. Je m'explique : si nous devons faire les présentations, tu n'auras pas envie de me serrer la patte tant que je garderai sur moi l'odeur nauséabonde de ce magasin.

Il renifla encore ses orteils, puis il les lécha une dernière fois.

– Voilà qui est mieux. Maintenant, il n'y a plus que l'odeur de ma salive.

Avec un sourire ironique, il lui tendit la patte, mais Ben n'était pas du genre à se laisser dissuader par un peu de salive. Il la saisit et la secoua fermement, comme son père lui avait appris à serrer la main.

Le chat fit une petite grimace.

– Oh ! Pas besoin de la casser !

– Pardon, dit Ben. Bon, c'est très bien tout ça, mais toi, tu connais mon nom. Alors que moi, tout ce que je sais, c'est que le chat roux t'appelle le Vagabond.

Le chat sourit fièrement.

– Oui, en effet. Je suis né dans une famille de grands explorateurs. Mon père était Horatio Coromandel, et ma mère, la célèbre Finna Sorvo Farwalker. Ma famille est très connue pour ses expéditions. Un an avant ma naissance, mon père a escaladé Nuagebarbu, la plus haute montagne d'Eidolon, et ma mère a fondé une colonie dans le Nouvel Occident avant de partir sur les mers et de découvrir les Unipeds de Terreblanche. C'est elle qui a trouvé la route qui mène à votre Vallée des Rois.

– Elle est partie sur les mers ?

— Avec sa grande amie Letitia, la loutre géante.

Tout cela paraissait très impressionnant, et complètement imaginaire.

— Et toi, qu'as-tu fait pour mériter ton titre ? demanda Ben.

Le chat parut soudain gêné.

— Eh bien, j'ai un peu bougé. J'ai fait quelques longs voyages. Je suis venu ici...

— Évidemment.

Le petit chat se racla la gorge et changea vite de sujet.

— Je vais te faire un cadeau, à cause de ce que tu es : je te dirai mon nom. Je ne le dévoilerais pas au premier venu, car en faisant ce cadeau, c'est une responsabilité que je vais te donner, et un pouvoir sur moi.

Ben était un peu perdu, aussi ne fit-il aucun commentaire.

Le chat le regarda dans les yeux.

— Nos destinées sont liées l'une à l'autre, continuat-il. Je le sens jusqu'à la moelle des os. Puis-je te faire confiance, Ben Arnold ?

Tendant la patte vers Ben, il la posa sur son bras. Ben sentit sur sa peau le bout de ses griffes, froid et pointu. Abasourdi, il hocha affirmativement la tête. Brusquement, il fut frappé par une idée :

— Je ne t'avais pas dit mon nom de famille. Comment le connais-tu ?

En guise de réponse, le petit chat se tapota le nez.

— Je le sais, c'est le principal... à toi de deviner !

Il devenait agaçant.

Comme il appuyait sa patte sur le bras de Ben, ses griffes s'enfoncèrent telles des aiguilles.

– Aïe !

– Maintenant, dis-moi ton vrai prénom.

Ben hésita. Si, en révélant son prénom à cet étrange chaton, il lui conférait réellement un pouvoir sur lui-même, pouvait-il lui faire confiance, alors qu'il lui avait déjà joué un certain nombre de tours ? Il posa sur lui un regard solennel. Le chat soutint son regard sans sourciller.

Ben prit sa décision.

– Je m'appelle Benjamin Christopher Arnold !

– Benjamin Christopher Arnold, je te remercie pour ce cadeau, et en échange, je vais te révéler mon nom dans le plus grand secret, et le pouvoir qu'il a sur moi.

Il prit une profonde inspiration.

– Je m'appelle Ignatius Sorvo Coromandel, connu aussi sous le nom de Vagabond. Mais tu peux m'appeler Iggy.

– Iggy ?

Le petit chat haussa les épaules.

– Admets que j'ai un nom à coucher dehors. Tous les chats attribuent librement un surnom aux autres. Tu dois connaître les deux du quartier qu'on appelle Spot et Ali. C'est le diminutif de leur vrai nom : Spotoman et Aloysius.

Ben hocha la tête d'un air pensif.

– D'accord, Iggy, déclara-t-il. Tout cela est très bien, mais tu as encore un tas de choses à m'expliquer.

Iggy eut un sourire ravi.

– Commençons par l'astuce du sac en plastique, si tu veux bien. Puis nous passerons au sauvetage du monde.

Il coinça sous son ventre la patte qu'il venait de lécher.

– Il était clair que tu allais te mettre dans un drôle de pétrin en rentrant chez toi sans tes fameux poissons guerriers de Mongolie. Tu n'aurais pas eu fini d'entendre ton lourdaud d'oncle beugler au sujet de l'aquarium qu'il t'avait apporté. C'est pourquoi nous avons mis au point un plan d'urgence.

Une lueur ironique traversa les yeux topaze du Vagabond.

– Je ne pouvais pas sortir du carton sans faire un boucan terrible à cause des boîtes plutôt lourdes qu'un imbécile avait déposées dessus. Alors Abby – le grand chat roux – est allé faire une descente dans les poubelles. Il est revenu avec un sac en plastique, comme ceux dans lesquels Dodds met ses poissons. Je lui ai suggéré de le remplir d'eau dans le bassin aux oiseaux, puis de le rapporter en le tirant le long de la pelouse, et enfin de lui donner un bon coup de griffes, une fois arrivé devant la porte. Brillant, non ? En tout cas, ces affreuses gamines se sont laissé avoir.

– Oui, en fait, nous nous sommes tous laissé avoir.

Soudain, Ben se sentit le cœur plus léger. Non seulement il n'avait plus de souci à se faire pour les poissons ni pour l'aquarium, mais son père ne serait pas obligé d'aller à King Henry Close pour tailler les haies de l'horrible oncle Aleister !

Le chat l'observait attentivement.

– Maintenant, Ben, je vais te confier une information qui recèle un très grand danger. Seule une poignée de gens sur terre la connaît, et la plupart sont des ennemis. Le simple fait que tu puisses m'entendre parler te particularise. Cela signifie que tu as reçu une parcelle du Don, qui te permet de comprendre le langage des chats. C'est la seule raison pour laquelle j'ai décidé de te faire confiance. Pour cela, et pour ta générosité. Je crois vraiment, Ben, que tu as très bon cœur.

Ben rougit jusqu'aux oreilles.

– Écoute bien ce que je vais te dire, c'est une histoire extraordinaire.

Iggy remua sur la couverture pour trouver une position plus confortable, puis il commença :

– Il existe un pays secret qu'aucun véritable être humain n'a jamais vu. Il s'étend entre ici et là ; entre hier, aujourd'hui et demain ; entre la lumière et l'obscurité ; il est enchevêtré dans les racines les plus profondes des vieux arbres, et cependant, il s'élance aussi parmi les étoiles. Il est partout et nulle part. Son nom est Eidolon, et c'est mon pays.

Tout cela paraissait plutôt bizarre et, pour être honnête, un rien excessif, pensa Ben. Mais Eidolon, ça sonnait plutôt bien...

– C'est un pays magique...

Maintenant, Ben regardait le chat d'un air incrédule.

— Il y a longtemps, poursuivit le Vagabond, un seul monde existait. C'était un lieu merveilleux, rempli d'êtres fabuleux. Toutes les créatures possibles et imaginables s'y côtoyaient : chiens et lapins, chats et éléphants, chevaux et crapauds, poissons, oiseaux et insectes. Mais il y avait aussi ceux que les humains prennent pour des animaux mythiques, tels les dragons et les licornes, les griffons et les satyres, les centaures, les mauvaises fées et les minotaures. Et aussi ceux que tu considères comme des espèces « disparues » : dinosaures et dodos, mammouths et tigres à dents-de-sabre, paresseux géants. Des gens vivaient là également, mais sous des formes très différentes : géants et lutins, fées et elfes, trolls et sirènes, sorcières, dryades et nymphes. Un jour, une immense comète traversa l'espace et son impact fut si fort qu'il le divisa. Et quand l'espace se reforma, ce fut sous la forme de deux mondes. Toute la magie qui avait jamais existé tomba dans le royaume de l'ombre, le lieu que nous connaissons sous le nom d'Eidolon, ou pays secret. Et le monde dans lequel tu vis correspond à ce qui resta une fois que toute la magie en fut retirée.

Ben se mit à rire.

— Je ne crois pas à la magie. Aux tours de prestidigitation, d'accord, mais pas à la vraie magie. J'ai vu des émissions à la télévision qui montraient comment les illusionnistes s'y prennent. Ils utilisent des miroirs, des faux planchers, des ficelles invisibles, et un tas d'autres trucs.

— Les tours de passe-passe ont toujours existé, dit le chat d'une voix douce. Mais je ne parle pas de cela. Tu devrais venir à Eidolon voir ce qu'est la véritable magie. Ici, elle se réduit à de la poudre aux yeux, à quelques miroitements et autres paillettes. Oh, j'oubliais aussi la possibilité de parler avec des animaux.

Il jeta un coup d'œil narquois à Ben.

— Qu'est-ce que tu veux dire ? Tu crois que le fait de te parler et de comprendre ce que tu me dis signifie que j'ai une part de magie, qui viendrait de ce pays ?

— Oui, Ben, du pays secret. Comme je viens de te le dire, c'est mon pays. Mais dans une certaine mesure, c'est aussi le tien. Je l'ai compris dès que je t'ai vu entrer dans l'animalerie. Tu avais l'odeur d'Eidolon.

Quel mal élevé ! Ben le regarda fixement.

— Ce n'est pas vrai ! Je me lave tous les jours. Enfin, presque.

Le chat lui sourit.

— J'ai un odorat extraordinairement fin.

5

EXEMPLES DE MAGIE

— À qui parles-tu ?

Ben dégagea sa tête du plancher de la cabane. Sa sœur Ellie se tenait au pied du pommier et le regardait.

En entendant sa voix, le petit chat alla vivement se réfugier sous la vieille couverture et bientôt, il fut invisible, excepté le bout de sa queue.

Ellie entreprit de grimper à l'échelle.

Tirant la couverture sur le bout de queue qui remuait, Ben se laissa tomber juste à côté du chat. Puis il posa sur lui un livre ouvert pour cacher le renflement qu'il formait.

— Euh... à personne, répondit-il.

— Tu sais que le fait de parler tout seul est considéré un peu partout comme de la folie !

Sa tête surgit par le plancher. Ellie avait deux ans de plus que Ben, mais ces deux années représentaient tout un monde de différence. Ben avait l'impression qu'une seule chose intéressait sa sœur : la mode. Sa chambre était jonchée de magazines et de morceaux de tissu, les murs disparaissaient sous des photos de mannequins renfrognés, attifés de vêtements extravagants, et sous un million de miroirs dans lesquels elle étudiait son visage et sa coiffure toutes les trois secondes. (Alors que la chambre de Ben contenait des piles de livres et de bandes dessinées, un fouillis d'objets, un morceau de silex qui ressemblait à une griffe de dragon, des fossiles et des cartes du ciel, des morceaux de bois aux formes originales. Il y avait bien un miroir quelque part, mais Ben ne s'en servait jamais.) La chambre d'Ellie sentait le parfum et le déodorant, le talc et le vernis à ongles. Aujourd'hui, Ellie et Cynthia avaient dû faire des expériences de maquillage, car les yeux de sa sœur avaient pris une forme surprenante, indéfinie. (Ce qui pouvait expliquer pourquoi l'horrible cousine Cynthia lui avait paru encore plus horrible que d'habitude.) Malheureusement, l'effet qu'Ellie avait voulu produire, quel qu'il fût, était plutôt gâché par la longue traînée de mascara qui avait coulé sous une paupière inférieure, ce qui faisait paraître son visage un peu de travers, comme si elle ne le maîtrisait pas complètement. L'effet était gâché aussi par l'ombre à paupières hideuse qu'elle s'était appliquée.

– C'est dingue ! dit Ben. On dirait que tu as reçu un coup de poing sur les yeux !

Ellie lui adressa un sourire menaçant, d'un rose pâle et brillant. Ses dents avaient la même couleur.

– C'est Dior ! rétorqua-t-elle d'une voix rageuse comme si cela expliquait tout. Tu ne peux pas comprendre !

— Qu'est-ce que tu veux ? demanda Ben.

— C'est l'heure du dîner. Ça fait une heure que papa et maman t'appellent.

— Je n'ai pas faim.

— Ah bon ?

Ellie arqua un sourcil maladroitement souligné au crayon noir.

— Il y a du hachis parmentier. Maman a ajouté du fromage par-dessus.

— J'arrive dans une minute !

— Ben, qu'est-ce que tu essaies de me cacher ?

Avec la rapidité d'un serpent prêt à mordre, elle lui arracha le livre des mains.

— C'est un roman illustré, dit Ben.

Il manœuvra pour se glisser entre elle et la bosse, devenue visible.

— *L'Homme de sable,* continua-t-il. Ça parle de Morphée, le dieu des songes, celui qui dirige l'autre univers, dans lequel nous entrons quand nous dormons. C'est génial. Il a gagné plusieurs prix.

— Un autre univers ?

Ellie le feuilleta. Elle s'arrêta à une page, tourna le livre et examina l'illustration. Pendant un instant, la curiosité adoucit le masque de supériorité qu'elle affichait généralement. Puis elle coinça le livre sous son bras.

— Très bien, je te le confisque !

Avant que Ben puisse prononcer un mot, elle descendit l'échelle à toute vitesse et courut vers la maison. Ben la regarda sans éprouver d'agacement ni de colère ; au contraire, il était soulagé. Il souleva un coin de la couverture.

Le chat tendit un nez interrogateur et renifla l'air une fois, puis encore deux fois. Enfin, sa tête émergea.

– Ça va, Iggy, elle est partie.

– Alors c'est ta sœur, Ben ?

Ben acquiesça d'un signe de tête.

– Oui. C'est Ellie. Eleanor.

– Eleanor Arnold.

– Eleanor Katherine Arnold, ajouta soudain Ben.

Il posa aussitôt sa main sur sa bouche. Qu'avait-il dit ?

– Eleanor Katherine Arnold, répéta doucement le Vagabond comme s'il essayait de mémoriser ce nom. Ah oui.

– Il faut que j'y aille, annonça Ben.

Il tendit la main vers Iggy, mais celui-ci recula d'un mouvement rapide.

– Tu ne devrais jamais toucher un chat, ni aucune créature, à vrai dire, tant que tu n'y es pas invité, lui reprocha Iggy. Les humains peuvent avoir de si mauvaises manières !

– Excuse-moi, dit Ben.

Décidément, il avait passé sa journée à présenter ses excuses à des chats.

– Est-ce que nous pourrions parler du sauvetage du monde un peu plus tard ?

– Il faut que tu me rapportes quelque chose à manger, déclara Iggy, pragmatique. Sinon, je vais être obligé d'aller inspecter une ou deux poubelles, ce qui risque de créer un peu de désordre, et je ne voudrais pas que tu aies d'autres ennuis.

— C'est du chantage !

Ben pensa avec regret aux deux boîtes de pâtée que Cynthia avait raflées. Dieu seul savait ce qu'il allait trouver pour Iggy.

Ignatius Sorvo Coromandel haussa les épaules.

— C'est la vie.

Une lueur énigmatique brilla dans ses yeux.

Cependant, une fois à table, Ben eut du mal à avaler son repas. Il était trop excité par les étranges événements de cette journée. Heureusement, personne ne faisait très attention à lui. Ellie recevait une semonce à cause de son utilisation excessive de cosmétiques.

— Ce n'est pas beau, ma chérie, de te barbouiller comme ça, disait sa mère. De plus, je croyais que la tendance actuelle était à plus de naturel...

— Ça, c'est naturel ! rétorqua Ellie d'un air boudeur. J'aurais pu en mettre beaucoup plus si j'avais voulu. Comme Cynthia.

— Cela doit faire naturel si tu sors d'un ring, après dix rounds contre Mike Tyson, je suppose, grommela M. Arnold.

Ellie posa bruyamment son couteau.

— Franchement, on se croirait au Moyen Âge ici ! Vous ne connaissez rien !

Avec un soupir théâtral, elle alla se jeter sur le canapé et alluma la télévision.

Les informations de dix-huit heures venaient juste de commencer. Une femme en chemisier boutonné jusqu'au cou et veste bien coupée regardait d'un air sérieux les auditeurs en leur annonçant que les boutiques de la rue principale avaient fait un chiffre d'affaires un peu plus important au cours du mois écoulé.

S'assurant qu'Ellie ne l'entendrait pas, M. Arnold chuchota à Ben :

– Ce doit être grâce à tout l'argent qu'Eleanor a mis dans ses ombres à paupières.

Ben sourit. Depuis l'incident du palier, ses parents redoublaient de gentillesse avec lui. Son père lui avait donné la plus grosse part de hachis parmentier, avec le fromage le plus doré, et sa mère ne lui avait pas encore suggéré de mettre de l'ordre dans sa chambre, ce qui était sa corvée habituelle du samedi. Et aussi, personne n'avait soufflé mot des poissons guerriers de Mongolie.

– Une dernière information, dit la présentatrice. Le match de Lords a été interrompu par une visite très inhabituelle sur le terrain.

Ben tendit le cou. Sur l'écran apparut une grande étendue de terrain vert vif, parsemée de joueurs de cricket vêtus de blanc. Au lieu de se concentrer sur le jeu, ils regardaient l'autre extrémité du terrain, où il y avait du remue-ménage. De nombreuses personnes couraient, les bras tendus devant elles, comme si elles essayaient d'attraper quelque chose. La caméra se rapprocha pour un gros plan. Un petit cheval blanc s'était introduit sur le terrain et l'attention dont il était l'objet commençait à l'affoler. Il remonta le stade dans l'autre sens. Un bref instant, Ben aurait juré qu'il portait une grande corne en spirale sur le front. Le cheval lança une ruade, puis il galopa vers le bord du terrain et disparut dans la foule. Les spectateurs s'effacèrent sur son passage, et quelques secondes plus tard, il n'était plus là.

Mme Arnold regardait, ses yeux verts élargis. Elle paraissait stupéfaite, choquée.

– Oh ! dit-elle en pressant ses mains contre ses joues devenues livides. Oh, non...

– C'est typique, commenta M. Arnold. C'est la seule façon dont l'Angleterre peut faire match nul. Une licorne qui arrête le jeu. Qu'est-ce que ce sera, la prochaine fois ?

– C'était bien une licorne, papa ? demanda Ben d'un ton convaincu.

M. Arnold sourit.

– Bien sûr, mon grand.

Du canapé s'éleva un ricanement de dérision.

– Ne sois pas stupide ! Évidemment, ce n'était pas une licorne, elles n'existent pas. C'était juste un pauvre petit poney triste avec une grande corne que quelqu'un lui avait attachée sur la tête pour faire une plaisanterie.

– Si, elles existent ! dit Ben, très contrarié. Dans...

Il hésita.

– ... dans un autre monde !

Mme Arnold posa sur lui ses yeux verts, étincelants. Elle ouvrit la bouche comme pour dire quelque chose, mais elle la referma aussitôt.

Ellie se mit à rire. Elle leva le livre qu'elle avait pris à Ben et l'agita.

— Il vaudrait mieux l'empêcher de se remplir la tête de toutes ces bêtises. Il va se pourrir le cerveau.

Bondissant de sa chaise, Ben se rua sur le canapé et se jeta sur elle. Ils se bagarrèrent et se tirèrent les cheveux, et Ben finit par émerger triomphalement, *L'Homme de sable* sous le bras. De l'autre côté de la pièce, un cri perçant déchira l'air.

— Tu as réveillé Alice ! s'écria sa mère.

Très pâle, elle avait les traits tirés et donnait l'impression qu'elle risquait de s'évanouir d'une seconde à l'autre. Des larmes brillaient dans ses yeux. Ben se sentit aussitôt terriblement coupable.

— Excuse-moi, maman, murmura-t-il en baissant la tête.

Quand il leva de nouveau les yeux sur elle en espérant qu'elle allait lui sourire comme d'habitude, elle ne le regardait pas mais fixait l'écran de télévision comme s'il venait de lui apprendre qu'elle avait été trahie.

M. Arnold intervint.

— Ce n'est pas bien de vous battre comme chien et chat ! Vous avez bouleversé votre mère. Prenez le reste de votre dîner et montez dans votre chambre. Je ne veux pas vous revoir ici avant le petit déjeuner.

Ben n'avait plus faim, mais il prit quand même son

assiette et sa fourchette et monta lentement l'escalier. Quand il arriva sur le palier, il jeta un coup d'œil par la haute fenêtre en arc qui donnait sur le jardin de derrière. Dans l'arbre, la cabane ne trahissait aucun signe de son nouvel occupant. Rien ne bougeait, excepté une grosse libellule bleue qui allait et venait paresseusement au-dessus de la pelouse, chassant quelques insectes sans méfiance. Ben l'observa un instant, enchanté par ses gracieuses acrobaties et par le scintillement qui émanait d'elle sous le soleil couchant. Puis il ouvrit la porte de sa chambre et la referma silencieusement derrière lui.

Sa fenêtre ouvrait sur l'allée qui longeait le côté de la maison. Elle était toute proche de la grosse gouttière noire qui partait de la salle de bains et descendait jusqu'au sol. C'était très pratique. Ben l'examina attentivement. Quelques minutes plus tard, il entendit claquer la porte d'Ellie, puis la musique du dernier album des Flamants Bleus s'éleva. Alice ne pleurait plus. Maintenant, les seuls bruits qui montaient du rez-de-chaussée étaient le ronronnement rassurant de la conversation et les rires préenregistrés d'une série télévisée.

Pendant l'heure qui suivit, Ben fit un effort pour se concentrer sur son devoir de maths.

Le soleil s'évanouit, remplacé par la lune qui apparut au milieu des nuages. Un chien hurla. Un peu plus bas dans la rue, une voiture se gara. À l'intérieur de la maison, tout était calme.

Ben versa les restes de son hachis parmentier dans le

seul récipient qu'il put trouver dans sa chambre : une casquette de base-ball sur laquelle était imprimée une publicité du journal local dans lequel son père travaillait (*La Gazette de Bixbury*). Il la fit descendre par la fenêtre au bout d'une ficelle. Puis il enjamba l'appui et rejoignit agilement la canalisation, qu'il serra entre ses genoux. Son cœur battait très fort au seuil de cette aventure. La gouttière émit un petit craquement, et les agrafes métalliques qui la rattachaient au mur produisirent un léger bruit de ferraille, mais apparemment, elles étaient solides.

À l'école, Ben détestait le sport. Il était nul en rugby (il n'arrêtait pas de recevoir des coups de pied), il n'aimait pas nager (c'était froid, humide, et quoi qu'il fît, il coulait toujours au fond du bassin comme une pierre) ; quant à l'éducation physique, c'était vraiment ennuyeux de se hisser le long d'une corde, ou de sauter sans fin par-dessus un cheval d'arçon au cuir déchiré. Mais, curieusement, toutes ces heures passées à grimper à la corde semblaient porter leurs fruits. Ben glissa les pieds entre la canalisation et le mur puis, après avoir assuré son équilibre, descendit avec beaucoup de style, une main après l'autre.

Arrivé en bas, il récupéra la casquette et son contenu gluant, et courut silencieusement le long du passage. Le pauvre chat devait mourir de faim, pensa-t-il. Les chats mangeaient-ils du hachis parmentier ? Et si c'était le cas, un hachis surgelé additionné de fromage lui plairait-il ? Si Ignatius avait été un chien, Ben n'aurait eu aucune inquiétude, car les chiens mangeaient n'importe quoi, y compris des choses auxquelles aucune créature douée de raison n'aurait touché. Mais en ce qui concernait les chats, il ne savait pas très bien.

Au bout de l'allée, il déboucha dans le jardin de derrière. La pâle clarté de la lune qui filtrait à travers les branches du pommier teintait l'herbe d'une nuance argentée, faisant s'allonger jusque vers lui des ombres qui ressemblaient à de longs doigts effilés.

Même sous cette faible lumière, Ben vit qu'il y avait quelque chose au milieu de la pelouse. De l'endroit où il se trouvait, cela paraissait brillant et métallique, un peu comme un sachet de chips froissé. Il jeta un coup d'œil derrière lui sur la maison pour s'assurer que personne ne le regardait, puis il se glissa doucement sur la pelouse. Arrivé au centre, il baissa les yeux. Quoi que ce soit, ce n'était sûrement pas un paquet de chips froissé. Ben s'agenouilla pour l'examiner de plus près. Quatre grandes ailes luisantes étaient repliées sur un long corps immobile aux couleurs chatoyantes. Ben éprouva un véritable chagrin en pensant à la magnifique libellule qui faisait ses arabesques dans le jardin. Elle ne volerait plus jamais. Il la toucha du bout du doigt. Peut-être était-elle endormie. Mais les libellules dormaient-elles ? Le milieu d'une pelouse n'était certainement pas le meilleur endroit pour se reposer, songeat-il. Surtout avec un chat affamé perché quelques dizaines de centimètres au-dessus.

Comme si elle réagissait à la douce pression de ses

doigts, la libellule remua légèrement. Une de ses ailes de dentelle s'affaissa un peu sur le côté, et brusquement, Ben se retrouva devant le spectacle le plus extraordinaire qu'il eût jamais vu.

Ce n'était absolument pas une libellule.

Mais un être féerique.

6

BAGUETTE

Ben n'en croyait pas ses yeux. Que se passait-il donc dans le monde ? Ou plutôt, dans *ce* monde ? Une licorne aux informations télévisées, un chat doué de parole dans la cabane arboricole, et maintenant une fée sur sa pelouse...

Il la ramassa avec précaution. Elle était plus légère qu'il ne s'y attendait, et sèche comme une feuille morte. Ben n'osa pas refermer sa main sur elle. Elle avait l'air si fragile. Déjà, ses couleurs ternissaient, exactement comme les écailles d'un poisson qui vient d'être pêché perdent leur éclat, cet éclat qui avait donné au pêcheur envie de l'attraper. Déposant la fée à l'abri au creux de son bras, Ben s'approcha de la cabane. Il déposa la casquette de base-ball au pied du pommier, enroula autour de sa main la ficelle à laquelle elle était attachée et grimpa à l'échelle en prenant garde de ne pas cogner la fée pendant son ascension.

Il faisait très sombre à l'intérieur de la cabane. Si sombre, en fait, qu'il ne vit pas Ignatius Sorvo Coromandel et lui marcha sur la queue. Le chat, qui dormait, poussa un cri perçant. Affolé, Ben faillit laisser tomber la fée. Il jongla désespérément pour la rattraper, la saisit par une aile et la plaça de nouveau au creux de son bras. Iggy, désorienté et furibond, le dos hérissé comme celui d'un iguane, s'étirait sur le bout des pattes, sa queue dressée aussi volumineuse qu'un plumeau. La lune se reflétait dans ses yeux coléreux, il semblait prêt à se battre. Pour l'instant, il ne correspondait pas à l'idée que Ben se faisait d'un chat de compagnie à la fourrure soyeuse.

– Je suis vraiment désolé, dit Ben. Je ne t'avais pas vu.

– Encore des excuses, soupira Iggy. Ah, ces Glauques, marmonna-t-il d'un air lugubre. Ils sont tous pareils. Complètement inutiles.

– Je ne suis pas inutile, protesta Ben, froissé. Je t'ai apporté *deux* choses qui devraient beaucoup t'intéresser.

Les yeux du chat scintillèrent.

– De la nourriture ? demanda-t-il, plein d'espoir.

– Cela pourrait bien faire partie de ces deux choses, reconnut Ben. Mais d'abord, regarde ça. Je l'ai trouvée sur la pelouse.

Il s'accroupit et déposa la fée avec précaution devant Iggy. Le chat recula prestement.

– Bon sang ! Un farfadet ! Où as-tu dit que tu l'avais trouvé ?

Ben indiqua l'endroit à travers l'ouverture du plancher.

– Là. Je l'ai vu voler, tout à l'heure, mais je croyais que c'était une libellule.

Iggy renifla le farfadet.

– Il vit à peine, mais il vit.

Il bâilla et poussa du nez le corps de la créature. Après avoir incliné maladroitement la tête plusieurs fois, il commenta :

– Il est plutôt gros, non, pour un farfadet ?

Dans l'obscurité, Ben grimaça.

– Je ne sais pas. Quelle grosseur peuvent-ils atteindre ?

Le petit chat s'assit.

– Oh, certains sont longs...

Il étira très loin ses pattes avant.

– Mais la plupart sont de cette taille...

Il les rapprocha l'une de l'autre.

– Mais il faudrait que tu voies certains lutins dans la forêt de Darkmere...

Il siffla.

– Tu n'aimerais pas en rencontrer un par une nuit sans lune.

Son estomac se mit à gargouiller si fort que le bruit résonna jusqu'à l'extérieur de la cabane.

– Désolé ! Mon ventre réclame qu'on s'occupe de lui sans plus tarder. Peux-tu me montrer ce que tu m'as apporté ? J'ai une faim de loup ! Je serais capable de dévorer ma queue !

Ben prit le farfadet et le déposa sur la couverture, où Ignatius se tapit, le dos tourné. Dans la pénombre, Ben ne voyait pas très bien ce que le chat était en train de faire ; mais au bout d'un moment, il entendit un claquement, un peu humide, de mâchoires en pleine action. Pendant une terrible seconde, il crut que la faim avait fait perdre la tête à Iggy et qu'il mangeait le farfadet. Sans doute fit-il un bruit sans s'en rendre compte car le chat releva brusquement la tête. Il se léchait les babines.

– La salive de chat guérit tout, dit-il. D'après ma mère...

Ben le regarda d'un air méfiant.

– Tu ne peux pas ramener quelqu'un à la vie en le léchant.

Cependant, contre toute attente, le farfadet remua. L'air endormi, il se hissa sur son coude maigre. D'une main aux longs doigts velus, il se frotta le visage et ouvrit les yeux. Même dans le noir, Ben put voir qu'ils étaient admirables : prismatiques, multicolores, et ronds comme des boules de Noël. Le farfadet dit quelque chose d'une toute petite voix rauque, puis il s'écroula de nouveau, épuisé.

– Il s'appelle...

Iggy produisit un son semblable à une branche qui craque.

– Tu ferais mieux de l'appeler Baguette. Il dit qu'il est en train de mourir.

– Qu'est-ce qu'il a ?

– C'est le fait d'être ici qui le tue.

– Pourquoi ?

– Il n'y a pas assez de magie dans ce monde pour le garder en vie. Un farfadet est un être qui ne peut vivre que dans l'élément auquel il est adapté. Et cet élément, c'est la forêt du pays secret.

– Mais comment est-il arrivé ici ?

– J'aimerais le savoir. Le seul moyen d'entrer ou de sortir d'Eidolon est de passer par les routes sauvages...

– Les quoi ?

Iggy soupira.

– Des questions, toujours des questions !

Il se frotta le menton d'un air fatigué.

– Je vais te dire... Donne-moi d'abord à manger, ensuite, j'essaierai de t'expliquer. Tu ne comprendras sûrement pas tout, parce que tu es essentiellement un Glauque.

Ben commença à protester, mais Ignatius leva une patte péremptoire, qu'il tourna ensuite vers sa bouche ouverte.

– D'abord la nourriture, petit.

Serrant les dents, Ben hissa la casquette. Elle semblait plus lourde qu'avant, et quand il la fit passer par l'ouverture de la cabane, il comprit pourquoi. Elle était pleine de limaces.

– Berk !

– Mais aussi, quelle idée d'abandonner un tel festin n'importe où ! raisonna Ignatius.

Il flaira la casquette.

– Ça sent bon. Non, je corrige : ça sent merveilleusement bon !

Dégoûté, Ben plissa le nez. Il avait toujours pensé que les chats étaient des animaux délicats en les voyant se lécher sans arrêt et faire tout un tas de manières. Maintenant, il commençait à avoir des doutes.

Ignatius parlait à la casquette en chuchotant.

Quelques instants plus tard, les limaces tendirent leurs antennes les unes vers les autres, comme si elles se livraient à un conciliabule, puis elles se glissèrent en file indienne hors de leur réceptacle et descendirent l'arbre en rampant. Elles laissèrent une trace de bave argentée qui luisait sous la lune.

– Qu'est-ce que tu leur as dit ?

– Que tu les mangerais si elles restaient.

Ben poussa un cri horrifié.

– Moi ? Manger des limaces ?

– Il paraît que les humains avalent toutes sortes de choses bizarres, déclara Iggy, la bouche pleine de hachis parmentier. Je suis sûr d'avoir entendu dire quelque part que certains mangent des limaces.

– Ce sont des escargots, corrigea Ben. Et moi, je ne suis pas Français, ajouta-t-il d'un ton sec.

– J'aime mieux ça ! soupira Iggy, soudain plus joyeux. En tout cas, ça a marché, tu as vu ? Pas très intelligentes, ces bestioles, elles ont parfois l'esprit un peu confus. Elles préféreraient sans doute être des escargots pour avoir leur maison individuelle.

Il mangea en observant un silence relatif, sa tête disparaissant de plus en plus profondément dans la casquette de base-ball. Il n'allait certainement pas dévorer tout ce qu'elle contenait ? Mais bientôt, Ben entendit le bruit râpeux de sa langue contre le tissu, puis Ignatius Sorvo Coromandel émergea, avec une expression de profonde satisfaction. Son ventre était aussi rond que s'il venait d'avaler un ballon de foot.

— Bien, où en étions-nous ?

— Aux routes sauvages.

— Ah oui. Les routes magiques. Les chats sont par nature des créatures très curieuses, et aussi de grands explorateurs. Quand le monde se divisa, les chats découvrirent en fouinant qu'à certains endroits, les deux mondes se touchaient et qu'avec un bon odorat, il était possible de trouver un passage de l'un à l'autre, qui permettait aussi de revenir. Si un nombre suffisant de chats suivait le même sentier, aller et retour, une route sauvage était créée. Nous les chats, nous aimons profiter de ce qu'il y a de meilleur dans les deux mondes.

Sa petite plaisanterie le fit sourire. Quand il se rendit compte que Ben ne souriait pas, il continua sur un ton plus autoritaire :

— Le problème, c'est que les routes sauvages sont empruntées par d'autres créatures, qui peuvent exister dans les deux mondes. Mais elles doivent avoir une double nature, car si ce n'est pas le cas, elles tombent malades et meurent.

— Qu'est-ce que c'est, une « double nature » ? demanda Ben en fronçant les sourcils.

La tête inclinée, Iggy l'observa. Il examina son œil vert, puis son œil noisette, et recommença une fois encore, l'air songeur. Après un moment de silence, il expliqua :

— Certaines créatures, telles que les chats, sont à la fois sauvages *et* domestiques, à la fois magiques *et* glauques. Bien qu'un chat familier puisse te paraître plus domestiqué que sauvage, puisqu'il miaule pour demander sa nourriture conditionnée et qu'il se roule sur le dos pour jouer. Mais ne t'y trompe pas : les animaux de compagnie les plus ramollis cachent les chasseurs et les explorateurs les plus libres. Nous vivons le jour et la nuit ; nous voyons à la lumière du soleil ou des étoiles ; nous sommes visibles par l'œil humain à un moment, et la seconde suivante, nous avons...

Le mot « disparu » resta un instant suspendu dans l'air nocturne. Puis il y eut un bruissement. Ben se retourna pour voir quelle en était la cause. Quand il tourna de nouveau la tête vers Iggy, le chat n'était plus là. Comme par enchantement. Ben se retrouva seul avec un farfadet agonisant. C'était typiquement le genre de situation qui pouvait lui arriver.

– Où es-tu ? appela-t-il, de mauvaise humeur.

Pas de réponse. Il tenta de percer l'obscurité du regard, mais c'était impossible de voir quoi que ce soit. Pour ne pas risquer de marcher sur Baguette comme il l'avait fait sur la queue du chat, il le ramassa doucement et le garda dans ses mains. À leur contact, les yeux du farfadet papillonnèrent puis son corps émit une étrange lueur bleu-vert, qui illumina le moindre recoin de la cabane. Cela ressemblait à un tour de magie. Cependant, Ignatius demeurait invisible.

– D'accord, Iggy, tu es très malin. Maintenant, reviens ! Silence.

Puis :

– Chat... là-haut...

Ces paroles étaient très compréhensibles. Ébahi, Ben regarda le farfadet.

– Qu'est-ce que tu as dit ?

Baguette soupira, produisant un léger souffle, telle une brise dans les feuilles des arbres. D'un geste faible, il désigna un point au-dessus de leur tête. Mais avant que Ben puisse prononcer un mot, un croassement bizarre déchira la nuit. Ben leva les yeux, et Ignatius Sorvo Coromandel réapparut, baigné par la lumière inquiétante que Baguette diffusait. Il était suspendu par les griffes au plafond de la cabane. Il se laissa tomber près des pieds de Ben et rota.

– Pardon ! Mais il vaut mieux que ça sorte !

– Tu m'as joué un tour, et pas un tour très intéressant. Je ne vois pas du tout le rapport avec les routes sauvages.

Iggy secoua la tête.

– Je savais bien que tu n'y comprendrais rien.

Il eut un hoquet, qui le fit trembler de tous ses membres. Puis un autre, et encore un autre. Ben restait sans bouger, le farfadet dans les mains, et posait sur Iggy un regard dépourvu de sympathie.

Quand les yeux de Baguette recommencèrent à papillonner, la lueur verte faiblit. Ben lui souffla dessus pour le réchauffer ; la petite créature détourna légèrement la tête, puis elle s'immobilisa de nouveau.

– Iggy, il recommence à mourir ! cria Ben, paniqué.

Il posa le farfadet par terre, sous les yeux du chat, qui l'examina de près.

– Il vaut mieux que tu ne le touches pas trop, dit-il gentiment.

Apparemment, il n'avait plus le hoquet.

– Tu as dû le serrer un peu trop fort en le ramassant. Les farfadets ont tendance à briller quand ils se sentent en danger. Cela gaspille leur énergie.

– Mais je ne lui ferais du mal pour rien au monde !

Ben regarda Baguette d'un air triste.

– Ce monde, et tout ce qu'il contient, représente une menace pour lui, comme pour toutes les créatures du pays secret. C'est le problème dont nous devons nous occuper, déclara Iggy.

Un autre bruit rauque.

– Dis au garçon... pas fait mal... dormais... m'a ramassé... j'ai peur.

Ben resta un instant silencieux. Puis il s'accroupit près de lui.

– Je suis vraiment désolé, Baguette.

Le farfadet fit une grimace qui était peut-être un sourire, révélant deux grandes rangées de minuscules dents brillantes, pointues comme des aiguilles. Elles semblaient capables de mordre méchamment. Puis il ferma les yeux.

– Dormir... maintenant, dit-il d'une voix à peine audible.

Ben se tourna vers le chat.

– Est-ce que c'est valable aussi pour les licornes ?

– Hein ?

– Hein ? Hi-han, fait l'âne ! On ne t'a pas appris la politesse ? lui rappela sévèrement Ben en se remémorant ce que lui avait dit la petite chatte blanche. Je me demande si c'est pareil pour les licornes ?

Iggy se rembrunit.

– Les licornes ?

« Je lui ai cloué le bec », pensa Ben, tristement satisfait.

– Si ce monde est une menace pour toutes les créatures du pays secret, comment se fait-il que la licorne que j'ai vue à la télévision, cet après-midi, paraissait en pleine forme ? demanda-t-il. Elle donnait des ruades, elle a interrompu le match de cricket.

– Des criquets ?

– C'est un jeu, avec deux équipes de onze joueurs chacune, bien qu'ils ne se trouvent pas tous en même temps sur le terrain... En fait, il n'y a que treize joueurs en même temps, sauf si l'un des batteurs utilise un coureur. Bien que d'un point de vue technique, chaque équipe puisse en avoir un, ce qui fait quinze à l'arrivée. Oh, il y a aussi l'arbitre, bien sûr. C'est celui qui porte un pull-over. Les joueurs se servent d'une batte pour lancer la balle sur un grand terrain.

Iggy était horrifié. L'esprit confus, il imagina une nuée de criquets se jetant à pattes jointes sur leur victime, qui devait être ce pauvre arbitre. Quel monde terrible ! Il frissonna.

– J'ose à peine te le demander, mais qu'est-ce que la licorne vient faire là-dedans ?

Ben lui raconta ce qu'il avait vu.

– Une licorne, ici...

Une lueur craintive brilla dans les yeux du chat.

– Quelqu'un va faire quelque chose de mal. Et je sais qui c'est !

Il agrippa Ben par un bras.

– Nous devons partir immédiatement !

Ben recula.

– Nous ?

– Il faut transporter le farfadet.

– Où ?

– Eh bien, à Eidolon, naturellement.

– Au pays secret ?

– Tout de suite.

– Combien de temps cela va durer ?

Iggy haussa les épaules.

– Quelques jours ! Une semaine, peut-être, ou un mois.

– Mais lundi, je dois aller à l'école !

Les griffes se resserrèrent sur son bras.

– L'équilibre naturel de deux mondes est menacé, Ben, et toi, tu t'inquiètes pour l'école ?

Une expression mystérieuse apparut sur le visage de Ben. Puis il sourit.

– Génial ! Je n'irai pas à la piscine !

7

UNE HISTOIRE VASEUSE

S'il devait aller au pays secret, il valait mieux qu'il laisse un mot, sinon ses parents allaient se mettre dans tous leurs états, pensa Ben.

Il fouilla dans son coffre aux trésors (une vieille boîte en bois qui lui servait de siège), d'où il finit par extirper (après avoir cherché parmi un Gollum manchot, un Dalek sans antenne, un Incroyable Hulk sans tête, une dizaine de bandes dessinées déchirées, un exemplaire souvent feuilleté de *The Hobbit*, un Mars à moitié grignoté et quelques posters reproduisant des tableaux) un cahier à spirale, un stylo mâchouillé, et (triomphalement) une pièce d'une livre. Il commença par écrire :

Chère Maman, cher Papa,
Ellie s'est liguée avec la cousine Cynthia.
Si je reste, elle va me vendre à ma cousine,
qui me fera manger par son nouveau monstre,
c'est pourquoi je fuis vers la mer.
Je vous aime.

Ben

Il jeta le papier. Telle qu'il connaissait sa mère, elle allait croire que c'était vrai.

Il recommença.

Chère Maman, cher Papa,
J'ai rencontré un chat qui parle et un farfadet agonisant
qui viennent d'un autre monde nommé le pays secret.
Je dois les aider à retrouver leur chemin pour qu'ils
rentrent chez eux,
sinon Baguette va mourir.
Vous vous souvenez de cette licorne ? Elle était réelle !
À bientôt.
Je vous aime.
        Ben

Il le déchira aussi ; ce message risquait de tomber entre les mains de n'importe qui. Il révélait beaucoup trop d'informations importantes.

Après quelques autres tentatives (c'était difficile d'écrire sans voir ce qu'il faisait, et le chat ne lui permettait pas d'utiliser une seule seconde la lumière du farfadet), Ben écrivit :

Chère Maman, cher Papa,
Ne vous faites pas de souci pour moi.
Je vais bientôt revenir. C'est une question de
vie ou de mort ! (Pas la mienne, j'espère.)
Je vous aime.
        Ben

Il laissa le papier sur le palier de la porte d'entrée, avec une pierre par-dessus pour qu'il ne s'envole pas. Transportant Baguette dans la casquette de base-ball grossièrement nettoyée, son cahier et son stylo dans sa poche, il suivit Ignatius Sorvo Coromandel hors du jardin, remonta le sentier sur la pointe des pieds, ouvrit le portail grinçant et le referma derrière lui le plus silencieusement possible. Dans Underhill Road, les réverbères baignaient les rues d'une lueur orangée un peu inquiétante, de sorte que les façades blanches des maisons semblaient avoir été badigeonnées d'orangeade.

Ben posa sur Iggy un regard expectatif.

– Alors, où est-elle, cette route sauvage ?

Le chat haussa les épaules.

– Je n'en sais rien.

– Tu n'en sais rien ?

– Ce n'est pas si simple. C'est un peu labyrinthique, tu sais. Il faut déjà trouver le bon chemin, sinon tu risques d'arriver n'importe où. Tu peux te perdre pour de bon. Te retrouver par exemple en Mongolie, en l'an 1297.

Il frissonna.

Ben réfléchit profondément.

– Le siècle de Gengis Khan ! Génial !

Ses yeux se mirent à briller.

– La Horde Jaune ravageant les steppes d'Asie centrale en tuant tous ceux qui se trouvaient sur leur passage. Waouh ! J'aimerais voir ça !

Iggy lui coula un regard incrédule.

– Tu es vraiment sanguinaire. C'est pour cela que tu voulais acheter ces poissons guerriers de Mongolie, hein ? Ils te rappelaient toutes ces histoires sanglantes du grand Gengis Khan.

Ben se rembrunit.

– Oui, c'est un peu ça.

– Eh bien, laisse-moi te dire que ce n'était pas un homme très intéressant : il sentait le yak et...

Arborant un sourire démoniaque, il s'approcha de Ben.

– ... il était terrifié par les chats !

– Je ne te crois pas ! dit Ben d'un ton sec. Tu as tout inventé !

– Crois ce que tu veux, rétorqua Iggy, l'air fâché. Mais quand j'étais là, je l'ai vu grimper en haut de son piquet de tente. Bon, continua-t-il vivement, il me semble qu'il vaut mieux commencer par l'animalerie de M. Dodds. C'est le premier lieu dont je me souvienne depuis que je me suis réveillé dans ce monde épouvantable.

C'était excitant de se trouver dans les rues désertes de Bixbury. À cette heure tranquille, elles ressemblaient elles-mêmes à un pays secret. Bien que Ben fît son possible pour ne pas le laisser paraître, il était complètement exalté à l'idée de participer à l'aventure d'Ignatius Sorvo Coromandel.

En cheminant, Iggy lui expliqua ce qui lui était arrivé. Alors qu'il explorait les confins du continent septentrional d'Eidolon, à la recherche de la légendaire souris à trois queues (que personne n'avait vue depuis longtemps), il s'était retrouvé sur une route sauvage inconnue. Dès qu'il y avait engagé la tête, il avait compris que cette route n'était pas comme les autres. Les vents y soufflaient dans la mauvaise direction, transportant avec eux d'étranges odeurs, qui n'étaient pas familières à un habitant du pays secret. C'est ainsi qu'il les avait suivies, poussé par la curiosité propre à son espèce, et il avait abouti ici, à Bixbury. Mais à peine avait-il émergé dans ce monde qu'il avait reçu un coup de bâton sur la tête. Il s'était réveillé dans une cage et, peu de temps après, M. Dodds l'avait mis en vente. Il montra à Ben la bosse qu'il avait encore, juste sous l'oreille gauche.

– Je n'ai pas vu celui qui l'a fait, mais si je retrouve son odeur, il va le regretter.

Il allongea ses griffes.

– J'ai déjà mordu M. Dodds, histoire de me défendre, ajouta-t-il joyeusement.

Il médita un instant ses paroles, puis il eut une expression de regret.

– Mais au fond, je n'aurais pas dû. Il avait un goût abominable.

Sur Quinx Lane, l'animalerie était sombre et silencieuse, comme si tout son petit peuple – oiseaux, hamsters, poissons et gerbilles – s'était éteint en même temps que les lumières. Ben pressa le nez contre la vitrine froide et regarda la buée y dessiner une fleur avant de s'évaporer.

– Et maintenant ? interrogea-t-il.

– Nous allons entrer.

– Mais la porte est fermée à clé, objecta Ben en essayant de la pousser.

Iggy montra les dents, peut-être en guise de sourire.

– Les chats sont capables d'entrer n'importe où, affirma-t-il.

Ce disant, il prit son élan en pliant les pattes arrière et bondit avec légèreté sur l'auvent vitré, au-dessus de l'enseigne. Un autre saut, et il atterrit sur le rebord de la fenêtre du premier étage. Il disparut par l'entrebâillement. C'était impressionnant, Ben devait bien l'admettre.

Une ou deux minutes plus tard, il entendit un cliquetis au-dessus de sa tête, et une fenêtre s'ouvrit. Il se cacha prestement dans l'ombre, au cas où ils auraient réveillé un locataire.

– Psssst ! Ben !

C'était Iggy. Ben n'aurait jamais cru que les chats puissent être si agiles.

– Viens ! dit le Vagabond.

– Hein ? Tu veux que je grimpe là-haut ?

Le chat acquiesça par un vigoureux hochement de tête.

– Dépêche-toi, avant que quelqu'un te voie !

Ben déglutit péniblement.

– Et Baguette, qu'est-ce que j'en fais ?

– Mets-le dans ce machin que tu as sur le dos.

– Mon pull ?

– Oui, oui, allez, dépêche-toi !

– Mais je risque de tomber et de l'écraser !

– Nous devons courir ce risque, petit !

– Je m'appelle Ben ! dit-il, furieux.

Avec d'infinies précautions, il enveloppa Baguette dans la casquette de base-ball, qu'il glissa sous son pull. Il inséra le bas de son pull dans son pantalon et scruta la façade de l'immeuble. Naturellement, il y avait une gouttière qui descendait sur un côté. Ben parcourut des yeux la rue pour s'assurer que personne n'allait le voir en flagrant délit d'effraction, puis il empoigna fermement la canalisation. Posant les pieds de chaque côté, il se hissa jusqu'au premier étage. Le cœur sur les lèvres, il réussit le passage difficile entre la gouttière et l'appui de la fenêtre et se glissa prudemment par l'ouverture.

L'intérieur était jonché de cartons empilés les uns sur les autres. La plupart portaient des étiquettes toutes neuves d'aliments pour animaux : « Douceurs pour chiens » ; « Délices de paupières et d'oreilles de poisson » ; « Pâtés croustillants aux têtes de seiches » ; « Steaks de stégosaures ». Mais certains étaient plus substantiels, et même pour le nez de Ben, ils dégageaient une drôle d'odeur. Ignatius fouinait au fond de la pièce, seul le bout de sa queue agitée apparaissant entre les cartons.

– Qu'est-ce que tu fais ? chuchota Ben.

Il voulait sortir de là avant que quelqu'un n'arrive.

Les yeux d'Iggy brillaient dans la clarté de la lune.

– Regarde !

Ben franchit obstacle sur obstacle avant de le rejoindre.

– C'est la cage dans laquelle ils m'ont emmené ici...

Il montra un habitacle métallique pourvu d'une petite porte à claire-voie. Une touffe de fourrure couleur écaille de tortue était encore coincée dans le gond. Iggy flaira tristement la cage.

– Je sens l'odeur du pays secret, dit-il. Je sens l'odeur de ma maison.

Pendant un instant, il parut si désespéré que Ben eut envie de le serrer dans ses bras, mais très vite, Iggy retrouva sa vivacité et son air combatif.

– Viens, dit-il. Allons voir ce qu'il y a en bas.

Ben le suivit jusqu'à la porte. Il s'apprêtait à l'ouvrir quand il marcha sur quelque chose de dur et plat. Il se baissa pour le ramasser. Alors qu'il refermait ses doigts sur l'objet, il entendit un bruit au rez-de-chaussée. Aussitôt, Iggy s'arrêta et resta absolument immobile, comme seul un chat terrifié peut le faire. Le bruit s'amplifia, puis il se réduisit au grincement d'une porte qu'on ouvrait, accompagné d'un éclat de voix. Ben frissonna.

C'était M. Dodds.

– Cache-toi vite ! ordonna Iggy.

– Où ?

Ben jeta un regard effaré autour de lui. Les cartons étaient trop petits pour qu'il puisse se faufiler dans l'un d'eux. Cependant, au fond de la salle, dans un coin, ils formaient des piles plus hautes, quoique un peu branlantes, derrière lesquelles il pouvait se tapir...

Des pas résonnèrent dans l'escalier.

Iggy sauta dans la cage dans laquelle il avait été capturé et se roula en boule, ses yeux luisant d'un regard sinistre. À pas de loup, Ben se dirigea vers le coin. Il tressaillait chaque fois que ses pas faisaient grincer le plancher poussiéreux. Les voix se rapprochaient, essoufflées, comme si leurs propriétaires transportaient quelque chose de très lourd et très encombrant. M. Dodds ordonna :

– Recule un peu !

Ben entendit quelqu'un trébucher, puis la poignée de la porte remua.

Il courut se cacher derrière les cartons. Son cœur battait à grands coups, affolé comme un oiseau en cage. Silencieusement, il maudit Iggy de l'avoir entraîné dans cette situation. Puis il se maudit lui-même d'avoir été assez stupide pour suivre un chat, ce qui était plus juste. Au même instant, Baguette commença à gigoter sous son pull-over. « Le pauvre, il doit manquer d'air », songea Ben. Il remonta le farfadet jusqu'à l'encolure en V de son pull afin de le laisser respirer, mais Baguette se mit aussitôt à luire. D'un vert bizarre, qui clignotait comme un signal d'alarme, et qui illumina le visage de Ben et son expression de pure panique.

– Non, Baguette, non ! Pas ici ! murmura-t-il en repoussant le farfadet dans les profondeurs de son vêtement.

Il regarda les deux hommes qui entraient. Ils marchaient avec difficulté. Celui qu'il voyait de face était

M. Dodds. Il ne portait plus son costume italien. Ben ne put identifier l'autre, qui lui tournait le dos. Heureusement, ils étaient trop préoccupés par l'objet qu'ils transportaient pour avoir remarqué la lueur. Ben baissa les yeux. Baguette émettait encore une faible clarté vert clair qui filtrait entre les mailles de son pull. Frénétiquement, Ben glissa la main sous son pull et déboutonna quelques boutons de sa chemise, sous laquelle il fourra le pauvre farfadet. Maintenant, la lumière produite par Baguette était si faible qu'elle était invisible.

– Posons-le ici, dit M. Dodds. Je le ferai emporter dans la matinée.

On entendit encore leurs pas tandis qu'ils manœuvraient.

– Est-ce qu'il faut lui donner un peu plus d'eau ?

C'était l'autre qui parlait, mais sa voix était assourdie.

– Je suis épuisé. Il survivra bien jusqu'à demain matin, répondit M. Dodds avec dureté.

Il y eut un choc quand ils posèrent la caisse par terre, puis Baguette éternua.

– Qu'est-ce que c'est ? demanda l'inconnu.

Ben retint son souffle. Il s'agrippa au farfadet, pour l'empêcher de recommencer.

La lueur vert clair se faufila entre ses doigts.

M. Dodds partit à grands pas vers l'interrupteur pour allumer la lumière. Mais rien ne se produisit.

– Saleté d'ampoule ! Elle est grillée.

Il fouilla dans une poche de sa salopette, d'où il sortit une torche. D'un geste nonchalant, il balaya la pièce de son rayon lumineux. Ben crut que ses poumons allaient exploser. Le sang battait à ses tempes. Ils allaient certainement l'entendre ? Mais M. Dodds fit claquer sa langue, éteignit la torche et la remit dans sa poche.

— Tu deviens paranoïaque. Il est temps d'y aller, dit-il.

Il donna un petit coup de pied dans la caisse.

— On reviendra te voir demain, promit-il.

Et ils sortirent. La porte se referma, le bruit de leurs pas et de leurs voix diminua. Ben put respirer. Il sortit le farfadet de sous ses vêtements. Baguette resta étendu sur sa main, sa poitrine se soulevant faiblement, ses yeux fermés. Il avait l'air de souffrir.

— Oh, Baguette, je suis désolé...

À ces mots, les yeux du farfadet s'ouvrirent. La peur avait effacé leur couleur. Il regarda vaguement autour de lui puis il se concentra sur Ben.

— Partis ? demanda-t-il.

Ben acquiesça d'un signe de tête. Le farfadet fit un effort pour s'asseoir. Il cligna des yeux et le peu de lumière verte qu'il émettait encore s'évanouit.

— Les... connais..., dit-il. M'ont... fait... mal.

Il s'allongea sur le dos et entoura son corps de ses bras.

— Au secours !

Ben sursauta. Le cri recommença, plus fort cette fois.

— AU SECOU-OU-OU-OURS !

C'était Iggy. Ben replaça Baguette sous son pull et traversa la pièce. Il baissa les yeux sur la cage.

– Qu'est-ce qui t'arrive ?

Ignatius Sorvo Coromandel le regarda d'un air penaud à travers les barreaux.

– Euh... je suis enfermé.

– Comment as-tu fait ? C'est toi qui t'es mis là-dedans.

– Je ne pouvais pas savoir que la porte avait un ressort.

Ben secoua la tête. Si cela donnait la mesure des capacités de son chef d'expédition, ils n'avaient pas fini d'avoir des ennuis. Il s'agenouilla et tripota la fermeture de la cage. Elle ne bougea pas.

– Oh, Iggy...

– Qu'est-ce qu'il y a ? dit le chat d'une voix rendue aiguë par la panique.

– Euh, j'ai l'impression que c'est fermé à clé.

– À clé ?

Cette fois, c'était un cri.

– Comment est-ce possible ? Crois-tu que je me sois enfermé moi-même avec une clé invisible en passant la patte par les barreaux ? Crois-tu que j'aime me retrouver dans une cage ? Est-ce que j'ai l'air d'être masochiste ?

Ben agita la porte, mais il n'y avait aucun doute : elle était verrouillée. Iggy était pris au piège.

– Écoute, commença-t-il du ton le plus raisonnable possible. Il doit y avoir une clé quelque part. Je vais descendre en bas essayer de la trouver...

– Ne me laisse pas ici !

Ben s'essuya le front d'une main. Puis il souleva la cage et réussit à la déplacer de quelques centimètres, mais l'effort était trop important et il la posa plus brutalement qu'il n'aurait voulu.

Un cri de protestation s'en éleva.

– Je suis désolé, excuse-moi. Mais tu es vraiment très lourd.

– Et toi, tu crois que c'est *ma* faute ?

Ben ne le croyait pas, mais il répondit :

– Si tu n'avais pas mangé tout ce hachis parmentier...

Iggy se mit à gémir.

– Je t'en prie, tais-toi, dit Ben. J'en ai pour une minute. Je vais te laisser Baguette pour te tenir compagnie.

Il mit le farfadet dans sa casquette, qu'il posa sur la cage, puis il s'empressa de sortir avant qu'Iggy ait le temps d'ajouter un mot.

Le magasin était plongé dans l'obscurité, mais Ben n'osa pas allumer la lumière. Une fois au bas de l'escalier, il partit à tâtons dans le couloir jusqu'à une porte qui lui parut être celle du bureau. Il entra. La lune éclairait une table jonchée de papiers, deux chaises en bois et deux vieux placards métalliques qui devaient contenir des dossiers. Ben s'approcha de la table. M. Dodds devait garder ses clés dans un tiroir, supposa-t-il.

Il allait en ouvrir un quand son regard fut attiré par une lettre. Elle avait un en-tête très élégant, et des armoiries à l'encre noire s'étalaient en haut, sur toute la largeur.

Il lut :

Cher Monsieur Dodds,

Je vous remercie pour la livraison de la marchandise. Cependant, je dois vous informer qu'elle n'était pas conforme à ce que j'attendais, étant donné la grosse somme d'argent que je vous avais donnée en échange. En fait, de nombreuses écailles sont déjà tombées, et les autres paraissent vraiment en mauvais état. De plus, l'animal passe ses journées à broyer du noir, et ne semble même pas avoir la force de brûler un journal. Quelle utilité peut avoir ce « superbe incinérateur écologique de jardin » (comme le vante votre publicité dans le magazine Plus d'argent que de bon sens) *? Pouvez-vous me le dire ?*

Je vous serais reconnaissante de reprendre cet article et de me rembourser immédiatement les 1 500 livres qu'il m'a coûté. Sinon, je me verrai dans l'obligation de faire appel à l'Association de défense des consommateurs.

J'attends votre réponse par retour du courrier.

Bien à vous,

Lady Hawley-Fawley de Crawley

Ben fixa la lettre d'un air ébahi. Mille cinq cents livres ? Qu'est-ce qui pouvait bien coûter mille cinq cents livres ? Un éléphant, peut-être, songea-t-il. Mais les éléphants n'ont pas d'écailles. Et comment n'importe quel animal pouvait-il être un « incinérateur de jardin » ? De toute façon, qui aurait envie de faire brûler son jardin ? Il n'arrivait pas à comprendre ce que tout cela signifiait. Et maintenant, il commençait à être si fatigué et si troublé par ces événements qu'il n'arrivait plus à réfléchir.

Le tiroir du bureau contenait beaucoup de clés. Pour ne pas courir le risque de se tromper, il s'empara du lot entier. Avec la cinquième qu'il essaya, il réussit à ouvrir la cage. Le petit chat sortit en trombe, la fourrure hérissée. Ben le caressa jusqu'à ce qu'Iggy soit assez calme pour ronronner.

– J'ai réfléchi, finit par déclarer le Vagabond. Baguette devrait pouvoir nous aider. Les farfadets ont un odorat surprenant, et quand ils flairent quelque chose qui leur plaît, ils prennent une teinte rose fluorescente. Grâce à lui, quand nous trouverons une route sauvage, nous serons certains que ce sera la bonne ! Si tu le portes à bout de bras, il se mettra à luire dès qu'il sentira la route qui mène chez lui. Au moins nous serons de retour dans la zone de temps normal.

– Tu veux dire que c'est comme pour chercher une source ?

Ben se souvint avoir vu à la télévision des gens qui marchaient en tendant une branche de noisetier devant eux ; la baguette oscillait et se tordait en passant au-dessus de l'eau. C'était peut-être la spécialité des baguettes.

Iggy le regarda comme s'il était fou.

– Je ne comprends rien à ce que tu me racontes, dit-il.

– Eau...

C'était une toute petite voix, aiguë et flûtée. Ben fit volte-face et scruta la pénombre.

– De l'eau..., entendit-il encore.

Il aurait juré que la voix montait de la caisse que M. Dodds et son acolyte avaient apportée tout à l'heure. Iggy et lui s'en approchèrent. C'était une caisse volumineuse, qui mesurait environ un mètre soixante de longueur et près de soixante centimètres de hauteur. Elle ressemblait à un cercueil. Ben la tapota.

– Hou, hou ! dit-il. Il y a quelqu'un ?

En guise de réponse, la caisse se mit à bouger en craquant. Ben et Iggy firent un bond en arrière. Iggy remua frénétiquement le nez.

– Quelle qu'elle soit, cette créature vient d'Eidolon, déclara-t-il.

– J'ai soif !

Et quelle que soit cette créature, elle paraissait très exigeante.

– Nous te ferons sortir si tu nous promets de ne pas nous faire de mal, dit prudemment Ben.

– Est-ce que c'est vous qui m'avez enfermée là-dedans ?

– Non.

– Alors je ne vous veux aucun mal.

Voilà qui semblait tout à fait logique. Ben se pencha pour étudier le système de fermeture, puis il essaya les clés. Cette fois, ce fut la deuxième qui fonctionna. Il commençait à devenir performant. Dès que le verrou céda, le couvercle s'ouvrit en grand.

À l'intérieur se trouvait une créature de taille importante, au corps lisse, brillant et moucheté. Elle avait d'immenses yeux sombres et humides, et des nageoires. C'était un phoque. Dans une robe verte comme la mer.

En voyant Ben et Ignatius, il roula les yeux et se mit à trembler. Ce qui se produisit ensuite devait être une illusion d'optique créée par la clarté de la lune. Ou alors, c'était ce qui arrivait aux enfants qui auraient dû être au lit, endormis depuis plusieurs heures. Mais quand Ben regarda de nouveau le phoque, il s'était transformé en jeune fille.

8

LES ROUTES SAUVAGES

Ben cligna plusieurs fois des paupières. Peut-être avait-il un problème de vue ? Mais non, c'était bien une jeune fille, même si elle avait des nageoires et des moustaches.

– Qu'est-ce que c'est ? dit-il, l'affolement lui faisant oublier les bonnes manières.

Iggy eut un sourire railleur.

– Les créatures de ce monde sont si ternes en comparaison de celles d'Eidolon. Cette jeune personne est celle que l'on trouve dans les légendes de vos îles écossaises ; c'est une phoquie.

Ben le regarda fixement.

– Une quoi ?

– Vous n'êtes pas obligés de parler de moi comme si je n'étais pas là ! dit brusquement la jeune fille. Aidez-moi plutôt à sortir de cette caisse.

Sa voix était aussi harmonieuse que le murmure de la mer par temps calme, et ses yeux aussi brillants que des galets mouillés.

Faisant ce qu'elle lui demandait, Ben se retrouva

bientôt en train de saisir un gros morceau de caoutchouc noir, humide et flexible.

— Mon nom, dit-elle...

Elle toussa délicatement derrière son autre nageoire.

— ... est Celle-qui-nage-dans-le-sentier-argenté-de-la-
lune, fille de Celui-qui-reste-sur-le-grand-rocher-du-
sud-pour-attirer-les-femelles ; mais vous pouvez m'appeler Silver.

Ben fit une pause pour digérer la nouvelle, puis il
déclara :

— Je m'appelle Ben Arnold. Mon père, on l'appelle
juste M. Arnold. Je suis un garçon humain. Bien
qu'Iggy dise que je viens aussi d'Eidolon, ce qui me
dépasse. Qu'est-ce que c'est exactement, une phoquie ?

Elle se mit à rire. En l'entendant, Ben pensa au cla-
potis de minuscules vagues roulant sur des petits galets.
Mais il en avait assez de cette comparaison avec la mer.

— Ainsi que cette bête vient de l'expliquer, je suis à
la fois une enfant de l'eau et de l'air...

Du coin de l'œil, Ben vit qu'Ignatius regimbait en
s'entendant traiter de bête. C'était bien fait pour lui.
Ben commençait à apprécier davantage Silver.

— La nuit, je suis un phoque qui nage et joue dans les
profondeurs salées, mais le jour, ou lorsque je m'éloigne
trop longtemps de mon élément naturel, j'adopte la
forme que tu as sous les yeux.

Elle recommença à tousser, d'une toux maintenant
très rauque, qui la fit trembler de tout son corps.
Quand sa quinte se termina enfin, elle ajouta :

– Dans vos légendes, il est question de peaux magiques. En privant les phoquies de leur peau, on les empêche de redevenir des créatures marines.

Elle se remit à rire, puis elle ouvrit tout grands ses bras-nageoires.

– Rien d'aussi ennuyeux, comme vous pouvez le constater : mouillée, je suis un phoque, sèche, je suis une fille. Enfin, presque, car apparemment, je n'arrive pas à transformer mes nageoires.

Elle les ramena sur sa poitrine fluette et observa autour d'elle, les yeux agrandis par la peur.

– Quel est ce lieu horrible ? Il sent la mort et le désespoir, il n'a aucune odeur de magie. Si je reste ici, je vais garder une apparence humaine, ce qui serait terrible. J'ai besoin d'eau pour redevenir phoque, mais si l'eau ici est aussi mauvaise que l'air, elle ne me sera d'aucun secours.

– Exactement comme pour Baguette, dit doucement Ben.

– Baguette ?

Ben indiqua le farfadet posé sur la cage dans laquelle Iggy avait été piégé.

– Je l'ai trouvé sur ma pelouse.

Silver posa sur lui un regard triste.

– Il n'a pas l'air en forme. Peut-être souffrons-nous pour la même raison, lui et moi.

Ben se rembrunit.

– Le monde où je vis est mauvais pour vous ?

Elle frissonna.

– Il est dépourvu de magie, répéta-t-elle. Ici, tout semble plat, terne, sans vie. Et sans magie, je ne peux pas vivre.

– Nous devons retrouver notre chemin pour retourner au pays secret, le plus vite possible, ajouta Iggy. Le problème, c'est que j'ignore où se trouve l'entrée de la route sauvage que nous devons emprunter. Et tu sais comment ça se passe : si nous ne prenons pas la bonne route, nous risquons de nous retrouver n'importe où.

Silver posa sur lui un regard apitoyé.

– Vous ne savez pas naviguer, vous les chats ?

– On l'appelle le Vagabond, claironna gentiment Ben. C'est un grand explorateur.

Iggy parut soudain embarrassé.

– Oui, bien sûr, mais...

Il réfléchit pour trouver les mots qui lui permettraient de sauver la face.

– Les hommes qui m'ont attrapé m'ont frappé sur la tête avant que j'aie eu le temps de me repérer.

Silver parut terrifiée.

– Alors je vais mourir !

D'une nageoire puissante, elle saisit Ben par le bras. À travers sa manche, il sentit le froid de la mer d'un autre monde.

– Il faut que tu m'aides !

– Je ferai tout ce que je pourrai, affirma-t-il.

– Tu seras mon héros.

Silver ferma les yeux. Une ligne verticale apparut sur son front, comme si elle réfléchissait intensément.

– Quand ils m'ont transportée dans le passage entre les deux mondes, j'ai senti l'odeur changer et j'ai compris que j'avais quitté Eidolon. En ouvrant les yeux, je n'ai vu qu'un nombre important de bosquets sombres, un grand étang sur lequel flottaient des objets en bois plutôt ternes, un gros rocher, un sentier sinueux...

Ce fut au tour de Ben de se concentrer. Des bosquets sombres, un grand étang... un gros rocher...

Le menhir !

– C'est Aldstane Park ! s'écria-t-il triomphalement. Le gros rocher... *Aldstane* est du vieil anglais, qui signifie *Oldstone* (vieille pierre). Il y a un lac pour faire de l'aviron, et beaucoup d'arbres et de taillis.

Aldstane Park se trouvait derrière King Henry Close. Ben y était souvent allé avec sa famille faire des piqueniques présidés par l'horrible tante Sybil. Il détestait de tout son cœur ces repas en plein air. Mais il y en avait un dont il se souvenait particulièrement. Ce jour-là, Cynthia et Ellie avaient disparu au milieu des massifs de rhododendrons, de houx et d'aubépines pour installer un petit campement secret, le laissant tout seul. À sept ans, il avait trouvé cette attitude blessante et agaçante. Avec une grande détermination mêlée de tristesse, il était parti à leur recherche, tournant autour des massifs, trébuchant sur des racines, sursautant à l'approche de chiens errants. Et quand il avait fini par tomber sur leur cachette, les filles lui avaient tendu une embuscade. Au moment où la lune se levait, le gardien du parc l'avait retrouvé attaché à un tronc d'arbre. Selon lui, c'était une bonne plaisanterie. Mais longtemps après, Ben rougissait encore de honte à ce souvenir.

Pour devenir un héros, il avait du pain sur la planche.

Soudain, la phoquie s'effondra sur le sol. Elle respirait avec difficulté. Iggy se mit à lui lécher le visage, mais elle le repoussa faiblement.

– De l'eau..., gémit-elle.

Après un instant de réflexion, Ben dégringola l'escalier. Dans le magasin, les aquariums avaient des reflets étranges sous l'éclairage au néon.

– Excusez-moi, dit-il aux poissons guerriers de Mongolie.

Il retira leur couvercle, puis, à l'aide de l'épuisette suspendue tout près, pêcha les deux poissons médusés et les déposa dans un aquarium gigantesque, rempli de poissons rouges. Au lieu de partir courageusement à la conquête de ce nouveau territoire, comme est censée le faire toute créature venant du pays du grand Gengis Khan, les poissons guerriers de Mongolie filèrent se réfugier au fond du réceptacle. Tremblants de peur, ils allèrent se tapir sous un arc décoratif. Pendant ce temps, les poissons rouges allaient et venaient en les observant, ouvrant et refermant la bouche comme sous l'effet de la curiosité. Ben débrancha l'aquarium vidé de ses deux poissons et le transporta péniblement à l'étage, en faisant déborder l'eau sur lui. Il arriva en chancelant à la porte de la salle d'entrepôt et, avec un effort surhumain, le vida sur la phoquie. L'eau se répandit partout : sur le plancher, sur ses pieds, sur les cartons, les cages et, malheureusement, sur Ignatius Sorvo Coromandel, qui poussa un hurlement indigné et s'écarta d'un bond. Il alla se percher sur une pile de cartons vacillante, où il se mit à cracher et siffler comme une bouilloire sur le feu. Avec sa fourrure mouillée et aplatie, il ne ressemblait plus beaucoup à l'un des plus grands explorateurs félins des deux mondes.

Au contact de l'eau, la peau de la phoquie redevint mouchetée et commença à luire. En soupirant, Silver roula sur elle-même. Ses mouvements devinrent de plus en plus ondulants, comme ceux d'un phoque. Finalement, elle se frotta le visage de ses nageoires et se mit en position assise. Tout autour de sa bouche, des moustaches avaient poussé. Ses yeux, plus sombres, s'étaient arrondis.

– Merci.

C'est ce que Ben entendit dans sa tête, mais ses oreilles avaient plutôt capté une espèce d'aboiement flûté. Regardant Silver, qui était devenue plus animal marin qu'être humain, il se demanda comment il était censé se débrouiller pour emmener un phoque, un chat et un farfadet dans un parc situé à plus de quatre kilomètres. Mais tandis qu'il se posait cette question, le phoque se transformait de nouveau. Ses moustaches disparurent progressivement, sa tête changea de forme. Une peau humaine et un fin vêtement de coton vert remplacèrent son pelage moucheté. Seules ses nageoires, noires et visqueuses, demeurèrent, tel un défi.

– On ferait mieux de partir tout de suite, dit Ben. Est-ce que tu peux marcher ?

Après un essai, il s'avéra qu'elle y arrivait. Avec sa manche, Ben frictionna rapidement Iggy, qui frissonnait. Il glissa Baguette et la casquette de base-ball sous son pull humide et attrapa un tissu posé sur une caisse. Il en enveloppa la tête et les épaules de Silver. Elle avait une allure vraiment bizarre dans cet accoutrement, un peu celle d'un fantôme assez volumineux. Mais cela valait mieux que de risquer d'être vu en pleine nuit dans Bixbury en compagnie d'un phoque. Ce qui provoquerait des questions auxquelles il aurait du mal à répondre.

Ils se glissèrent dehors par la porte du magasin, laissant derrière eux des museaux agités et des yeux papillonnants. La rue était silencieuse, et bien que ce fût le début de l'été, l'air était frais.

La phoquie leva les yeux vers le ciel. Elle sourit.

– Regardez ! dit-elle en pointant du doigt une constellation qui ressemblait à une casserole munie de quatre pieds et d'une grande poignée. C'est le Grand Yéti !

Ben suivit son regard et fronça les sourcils.

– Hum ; tu veux dire la Grande Ourse ?

Silver se mit à rire.

– Pas dans le pays d'où je viens. Et au-dessus, c'est l'étoile polaire.

– Nous aussi, nous l'appelons comme ça ! s'exclama Ben, tout excité.

– Par quelque étrange miracle, votre ciel nocturne est le même que chez nous, dit-elle.

Ils traversèrent High Street et l'ancienne place du marché, dont le monument aux morts était éclairé par la lune. Il n'y avait pas âme qui vive. La ville semblait abandonnée, comme si tous ses habitants l'avaient quittée subitement pour aller vivre ailleurs ; ou comme s'ils avaient été téléportés par des extraterrestres ou dévorés par des plantes géantes. Ben eut l'idée saugrenue qu'après tout, Bixbury n'était peut-être pas son pays. Qu'il n'avait peut-être sa place nulle part.

Tiré de ses pensées par un grondement lointain, il regarda la route.

– C'est le bus de nuit !

Il s'élança en tendant le bras. Silver et Iggy le suivirent d'un pas hésitant. Le bus ralentit, avant de s'arrêter en faisant hurler les freins. La porte automatique s'ouvrit avec un soupir et le chauffeur examina le trio bigarré.

– Est-ce que vous passez près d'Aldstane Park ? demanda Ben.

Le chauffeur tourna les yeux vers ses compagnons.

Ben fit un petit écart de côté.

– King Henry Close, ça vous convient ?

Ben acquiesça d'un vigoureux signe de tête.

– Vous allez à une soirée costumée ? questionna le chauffeur d'un air méfiant en se penchant pour mieux voir Silver et Iggy.

– Euh, oui... Deux places à demi-tarif, s'il vous plaît, et un chat.

Il fouilla dans ses poches pour trouver une pièce d'une livre.

Le chauffeur se redressa.

– Les animaux sont interdits dans le bus s'ils ne sont pas tenus en laisse ou transportés dans un panier.

Ben regarda autour de lui d'un air inquiet. Mais, curieusement, Iggy avait disparu. Silver s'était avancée et semblait avoir des problèmes pour monter dans le bus. Sous prétexte de l'aider, Ben se pencha vers elle.

– Où est Iggy ? chuchota-t-il.

En guise de réponse, Silver posa un doigt sur ses lèvres. Puis elle souleva le grand drap qui l'enveloppait. Iggy était cramponné à l'intérieur.

Ben se tourna vers le conducteur.

– Alors deux places à demi-tarif, s'il vous plaît.

Silver se hissa dans le bus, passa derrière Ben en se dandinant et trouva un siège hors du champ visuel du chauffeur dans le rétroviseur. Excepté un couple enlacé, à l'arrière, il n'y avait personne. Quand Ben vint s'asseoir près de Silver, Iggy pointa le nez de sous le drap et se mit à ronronner en le regardant. Silver cacha ses nageoires, puis elle eut un petit sourire.

Dix minutes plus tard, le bus les laissa au coin de King Henry Close. En arrivant devant Aldstane Park, ils trouvèrent le portail fermé. Ben le secoua vainement. Il essaya d'escalader les hautes grilles, mais il glissa et retomba, ne réussissant qu'à se brûler les paumes.

– Qu'allons-nous faire ? gémit Silver.

Sa voix faiblit et ne fut bientôt plus qu'un cri ténu évoquant celui d'un dauphin. Elle se laissa tomber sur le trottoir en toussant.

Iggy paraissait inconsolable. Il se mit à tourner autour d'elle en formant des huit. Il miaula :

– Allons, allons, ne t'inquiète pas, Celle-qui-nage-dans-le-sentier-argenté-de-la-lune ! Ben va trouver une solution.

À ces mots, Baguette remua lui aussi. Ben l'extirpa de sous ses vêtements et le déposa par terre entre les deux autres. Le farfadet semblait tout mou. Il n'arrêtait pas de tourner dans la casquette de base-ball, comme s'il n'arrivait pas à trouver une position confortable.

Ben s'assit, le menton sur les genoux. Complètement dépassé, écrasé par les événements, il se rappela ce que sa mère lui avait dit : prendre soin d'animaux donnait le sens des responsabilités. Peut-être bien, mais ce que cela ne donnait pas, c'était une solution, dans une situation comme celle-ci.

Prêt à reconnaître sa défaite, il leva les yeux. La lune jetait une clarté très pâle sur la peau et les cheveux de Silver, leur conférant un aspect incolore. Maintenant, elle ressemblait vraiment à un fantôme. Ben se demanda un instant s'il n'était pas en train de rêver ; mais Silver posa une nageoire sur son épaule et il sentit de nouveau cette fraîcheur étrange, comme s'il était enveloppé d'algues.

– Tu vas trouver une solution, je le sais, Ben Arnold ! dit-elle entre deux quintes de toux.

Le fait qu'elle prononce son nom aida apparemment Ben à retrouver la force dont il avait besoin.

– Peux-tu grimper ? lui demanda-t-il.

Elle sourit.

– Je te suivrais n'importe où.

Il se leva d'un bond et l'aida à se mettre debout.

– Viens, j'ai une idée !

À gauche du parc se dressait un grand frêne. Ses branches retombaient très bas de chaque côté des grilles, et sa silhouette se dessinait contre le ciel, tel Iggdrasil, l'Arbre du Monde des légendes nordiques (le livre favori de Ben), dont les racines plongeaient dans l'univers souterrain et dont les branches caressaient le ciel. Les anciens peuples savaient-ils qu'un autre monde existait, un pays secret, qui touchait le nôtre ? se demanda Ben.

Il remit le farfadet à l'abri sous son pull-over, saisit une branche basse et se propulsa sur l'arbre. C'était surprenant, mais les cours d'éducation physique commençaient vraiment à porter leurs fruits. Peut-être d'autres aspects de l'école finiraient-ils par s'avérer utiles, bien que cela lui parût très improbable.

Iggy sauta à côté de lui, courut avec légèreté jusqu'à la jonction de la branche et du tronc, et s'assit en souriant d'un air suffisant. Ben n'aurait jamais cru qu'une phoquie puisse être si lourde, mais il réussit à la hisser près de lui. C'était un tour de force. Ils longèrent la branche et examinèrent l'autre côté des grilles. Brusquement, Silver poussa un cri de joie. Au centre du parc, le lac étalait ses miroitements sous la lune. Ben aida Silver à parcourir les branches, et quand ils en atteignirent une qui retombait dans le parc, il sauta au sol, Iggy sur les talons.

Silver demeura à plat ventre sur la branche et regarda en bas.

— Je ne suis pas sûre de pouvoir sauter de si haut.

Ben fit la grimace. Il déposa avec précaution Baguette entre les racines du frêne et vint se poster sous elle, les bras tendus.

La phoquie se remit maladroitement en position assise et balança ses nageoires arrière de l'autre côté de la branche. Une quinte de toux la plia en deux. Elle ferma les yeux. Quand elle les rouvrit, ils étaient luisants, probablement de larmes.

— Laisse-toi tomber, je vais te rattraper, dit Ben avec une assurance qu'il était loin d'éprouver.

Silver ferma de nouveau les yeux et se lança. Comme par sympathie, Ben ferma les yeux lui aussi. Il attendit l'impact, qui n'arriva pas. Il y eut un mouvement précipité, suivi d'un craquement de tissu déchiré, puis d'un bruit assourdi. En ouvrant les yeux, Ben vit le vêtement accroché à la branche. Il avait amorti la chute de Silver, qui se retrouvait maintenant saine et sauve près de lui.

— La chance est de notre côté, souffla Iggy.

Silver regarda l'eau scintillante du lac et commença à marcher d'un pas lourd dans sa direction. Ses nageoires battaient contre l'herbe. Au bord du lac, elle se glissa hors de sa robe verte comme la mer. Quelques instants plus tard, on entendit un plouf et l'eau se referma sur elle. La lune se reflétait sur la surface sombre, teintant de nuances argentées les cercles concentriques qui s'élargissaient jusqu'à la rive. Ben retint sa respiration. Finalement, il y eut un petit remous sous la surface de l'eau et quelque chose réapparut. Ce n'était pas la tête de la phoquie qui venait de plonger, mais celle d'un vrai phoque, luisant et moustachu, aux yeux humides. Il plongea et remonta. Il nageait avec une grâce, une agilité sinueuse qui firent envie à Ben.

Iggy, lui, observait la scène d'un air dégoûté.

– De l'eau... berk...

Il se détourna en frissonnant.

Bientôt, le phoque traversa le lac et vint se laisser tomber pesamment sur la rive. Il les regarda de ses grands yeux ronds et mouillés et cligna des paupières.

Malgré la fraîcheur de la nuit, l'eau s'évapora d'un seul coup. Ben était stupéfait. Là où il venait de voir une fourrure mouchetée et lisse, des zones rose pâle apparurent lentement. Le phoque tendit une nageoire vers le morceau de tissu vert resté sur la plage, et sa nageoire s'allongea en changeant de forme, pour devenir un bras. Cependant, la masse sombre, informe, qui se trouvait au bout n'était ni une nageoire, ni une main. Ben était tellement fasciné par cette métamorphose qu'il manqua le moment précis où le phoque se transforma de nouveau en jeune fille. Quand il leva les yeux, Silver était entièrement vêtue et le regardait, un sourire ravi aux lèvres. Il se rendit soudain compte qu'elle était très belle, avec ses cheveux clairs et ses grands yeux qui avaient retrouvé un peu de vivacité.

– Merci, dit-elle.

– Il n'y a pas de quoi. Ce lac n'est pas très grand, dit Ben.

– Ce n'est pas pour cela que je te remercie, bien que je t'en sois reconnaissante. C'est pour ton attitude chevaleresque.

– Ma... quoi ?

– Tu ne m'as pas regardée quand je n'étais pas habillée.

– Oh !

Il n'y avait même pas songé.

– Pas de problème.

– Tu es un véritable ami, Ben Arnold.

Ben rougit de plaisir.

Se sentant un peu oublié, Iggy s'éclaircit la voix.

– Alors, cette route sauvage ? dit-il.

Silver adressa un sourire à Ben. Il eut l'impression que son cœur avait doublé de volume. Elle observa le ciel, puis elle se retourna.

– C'est par là.

Ben regarda l'endroit qu'elle indiquait. C'était une grande forêt aux formes noires, irrégulières. Il fut parcouru de frissons. Il se rappelait parfaitement bien cette forêt.

– Tu en es sûre ? demanda-t-il.

Silver hocha la tête pour acquiescer.

Ignatius Sorvo Coromandel intervint.

– Il vaut mieux que je passe devant. À cause de mes yeux.

En effet, ses yeux brillaient comme des phares sous la lune.

Ils le suivirent dans les massifs de rhododendrons. Il faisait très sombre sous la voûte de feuilles, et plus frais. Ben tenait Iggy par la queue. Silver fermait la marche, agrippée au pull-over de Ben et avançant bruyamment dans les feuilles mortes ; cet étrange cortège serpenta plusieurs minutes entre les arbustes et les taillis.

Iggy finit par s'arrêter.

– Qu'est-ce qu'il y a ? interrogea Ben.

– Euh... rien, répondit le chat d'un air vague.

Il reprit sa progression.

Quelques minutes plus tard, ils se retrouvèrent au même endroit.

– Nous sommes déjà passés par là, fit remarquer Silver.

– Je croyais qu'on t'appelait le Vagabond parce que tu étais un grand explorateur ! s'exclama Ben, en colère.

Iggy se contenta de répondre :

– Humm... tout à fait.

Il renifla le sol avec la méticulosité d'un savant, avant de les entraîner dans une autre direction. Ils baissèrent la tête pour passer sous des branches et finirent par arriver dans une petite clairière circulaire.

Au même instant, une curieuse lumière écarlate jaillit autour d'eux, colorant leur visage et le sous-bois d'un badigeon rouge. Les yeux d'Iggy s'enflammèrent d'une lueur diabolique. Silver poussa un léger cri d'alarme et Ben jeta des coups d'œil affolés autour de lui pour essayer de trouver la source de ce phénomène.

Bientôt, le rougeoiement fut accompagné d'un bourdonnement aigu et grinçant, comme celui d'un gigantesque moustique. Ben regarda sa main.

C'était Baguette. Le farfadet était assis, raide comme un piquet, vibrant de tout son corps tel un diapason. Il chantait, et l'étrange lumière rouge filtrait de chacun de ses pores. Elle s'échappait du farfadet, courait le long du sol poussiéreux comme le fil d'un détonateur, éclairant les racines et les feuilles mortes. Elle finit par arriver contre un menhir en partie caché par un massif d'aubépine.

Ignatius Sorvo Coromandel sourit, montrant des dents rouge sang.

– Vous voyez ? J'ai trouvé l'entrée de la route sauvage.

Il baissa la tête et flaira énergiquement le sentier lumineux. En atteignant le rocher, il fit une pause. Il le contourna trois fois, entra et sortit prudemment des buissons épineux, puis il s'arrêta et repartit dans l'autre sens.

– C'est ici, déclara-t-il. J'en suis sûr et certain.

Silver arriva en traînant les pieds.

– Laisse-moi regarder.

Elle se mit à quatre pattes, puis elle poussa un petit cri de délectation, suivi d'une quinte de toux.

– Qu'est-ce que c'est ? demanda Ben en se précipitant vers eux.

Iggy tendit le cou pour mieux voir.

Silver tripotait une branche d'aubépine, sur laquelle était accroché un morceau de tissu rouge.

– Aidez-moi, dit-elle, hors d'haleine.

Ben déposa le farfadet dans la casquette de base-ball, qu'il glissa sous son pull. La lumière rouge se réduisit à une faible lueur, et le morceau de tissu prit une couleur pâle, vert rosé. Ben arriva à le décrocher et le tendit à Silver.

– C'est un morceau de ma robe !

Elle se tourna pour montrer à Ben et à Iggy le dos de sa mince tunique verte comme la mer. Près de l'ourlet, un petit zigzag était visible là où le tissu avait été arraché. Le morceau qu'elle tenait s'adaptait parfaitement à cet accroc.

– Waouh ! s'écria Ben, subjugué.

– C'est par là qu'ils m'ont fait passer dans votre monde, expliqua-t-elle. Et qu'ils m'ont emprisonnée dans la caisse.

– Moi aussi, je viens de là, déclara Iggy.

Il émit un long grondement.

– Il y a des traces de pas humains, ici. Et je me rappelle bien l'odeur de cette pierre.

Ben passa la main sur le menhir. Bosselé par le temps, il était couvert de plaques de mousse et s'enfonçait profondément dans la terre riche en humus. On voyait bien que, comme pour un iceberg, la plus grosse partie se trouvait dans le sol. Ben y faisait courir ses doigts, comme si ce rocher leur rappelait quelque chose. Puis il finit par sortir Baguette de son abri. Se servant de lui comme d'une lampe torche, il l'approcha du menhir, dont il examina attentivement la surface.

Obscurcie par le lichen et la corrosion due à la pluie,

une inscription était encore visible. Quelqu'un avait gravé un mot dans la pierre. Il consistait en un ensemble de lignes droites et d'angles et, pendant un instant, Ben ne comprit pas de quoi il s'agissait. Puis il s'écria :

– Regardez !

Ils s'approchèrent.

– C'est la Vieille Pierre ! s'exclama Ben. C'est une espèce de signalisation...

Ses doigts suivirent l'inscription tandis qu'il épelait à voix haute :

– E-I-D-O-L-O-N.

Plus récemment, une autre personne avait tracé sur le rocher une flèche à la craie, orientée vers le sol.

Ignatius Sorvo Coromandel contourna le menhir. Là, les aubépines formaient une ombre en creux. Il gratta quelque chose avec sa patte avant. Elle disparut. Ben ne le quittait pas des yeux. Iggy rapprocha son museau du sol, à l'endroit où sa patte s'était enfoncée. Une seconde plus tard, sa tête disparut à son tour.

Ben poussa un petit cri de frayeur.

Au bout de quelques secondes, le chat émergea complètement.

– Je le sens ! cria-t-il. Je sens notre pays !

Le farfadet s'était assis. Ses immenses yeux en forme de prisme lançaient une lueur rouge, telles des framboises qu'on aurait éclairées de l'intérieur. Sa léthargie, proche de la mort, s'était évanouie quand il avait compris qu'il pouvait retourner au pays secret. Maintenant, il avait l'air... eh bien, d'un farfadet, songea Ben. Puis il se demanda comment les gens savaient à quoi ressemblait un farfadet, puisqu'il n'y en avait pas dans son monde à lui.

Cette réflexion fut interrompue par Silver, qui lui tapotait l'épaule.

– Viens avec nous, Ben Arnold.

Le chat se tenait immobile au bord de la route sauvage.

– Viens avec nous à Eidolon, Ben, renchérit-il. Viens faire connaissance avec ton destin.

Le pays secret, un lieu rempli de magie et de merveilles ; un monde qui, d'une certaine manière, était aussi celui de Ben ; un monde qui bordait, telle une ombre, celui dans lequel il vivait. Un monde auquel on ne pouvait accéder que par une route sauvage. Ben frissonna. Avait-il vraiment envie d'y aller ? Et s'il ne pouvait pas en revenir ? Se mettrait-il à souffrir comme Baguette et Silver souffraient dans son monde à lui ?

Iggy commençait à s'agiter d'impatience.

Ben pensa à sa famille. Sa sœur Ellie, sarcastique et susceptible mais qui, malgré tous ses défauts, avait fait des économies pour lui offrir à Noël un cadeau idéal : *L'Incontournable encyclopédie des poissons*. Et Alice, encore bébé, qui lui serrait les doigts dans sa petite main ferme comme si c'était son unique moyen de lui communiquer son amour. Il pensa à son père, tellement absorbé par son travail au journal, mais qui plaisantait en faisant la vaisselle. Pour lui faire plaisir, il avait accepté de tailler les haies de l'horrible oncle Aleister en échange d'un aquarium. Puis Ben pensa à sa mère. Pas à la femme épuisée, dans son fauteuil roulant, mais à l'éclat de ses yeux verts, à sa façon bizarre de relever un seul sourcil avant de lui adresser un long clin d'œil d'un air de conspiratrice.

– Non, je ne peux pas les laisser !

Il se rendit compte qu'il avait prononcé ces mots à voix haute, car Silver éclata en sanglots. S'approchant de lui, elle l'étreignit. Il se sentit enveloppé de son étrange fraîcheur, et il eut l'impression de se trouver dans la mer.

– Je sais que je te reverrai, Ben Arnold.

Ben hocha la tête sans rien dire. Il n'arrivait pas à parler, à cause de la grosse boule qui s'était formée dans sa gorge.

Baguette, dont la lueur rouge avait fini par s'éteindre, voleta devant son visage en traînant la casquette de base-ball. Visiblement, le farfadet fournissait un gros effort, mais il souriait, découvrant deux rangées de dents pointues et rutilantes. Il déposa la casquette de base-ball (avec la bave de limace et les restes de hachis parmentier) sur la tête de Ben.

– Merci, Ben... m'as sauvé... n'oublierai jamais...

Puis il s'effondra par terre, éreinté.

Silver le ramassa doucement entre ses grandes nageoires sombres et le berça contre sa poitrine. Ignatius Sorvo Coromandel se traîna vers l'entrée de la route sauvage.

– Tu ne viens pas avec nous, Ben ? Tu en es sûr ? demanda-t-il.

Ben hocha affirmativement la tête, tandis qu'une larme unique s'échappait d'un de ses yeux. Il l'essuya d'un geste rageur.

– Je regrette, Iggy, mais c'est impossible. Ma mère est malade, je ne peux pas l'abandonner.

Le petit chat avait l'air triste.

– Eidolon, c'est ta destinée, Ben. J'aimerais te montrer ton autre pays.

Ben sourit, un peu en biais.

– Ça ne change rien...

Iggy vint frotter sa tête contre sa jambe. Son ronronnement résonna dans le petit bois. Ben mit un genou par terre et le serra si fort contre lui qu'il sentit entre ses mains les battements de son cœur.

– Tu vas me manquer, Iggy.

Dans l'obscurité, le petit chat sourit encore.

– Je connais ton vrai nom, Benjamin Christopher Arnold, dit-il de sa voix traînante de cow-boy. Je pourrai t'appeler quand je voudrai.

Iggy se libéra et alla se poster devant l'entrée de la route sauvage. Jetant un coup d'œil à Ben par-dessus son épaule, il lui rappela :

– Toi aussi tu pourras m'appeler puisque tu connais mon vrai nom. Mais tu n'auras que trois possibilités de le faire, alors, ne les gaspille pas !

Semblable au chat du Cheshire, il disparut lentement, sans même laisser un sourire derrière lui.

Soudain, Silver se pencha vers Ben et l'embrassa sur la joue.

Puis elle se dirigea vers l'arrière de la Vieille Pierre et disparut à son tour.

Ben resta seul dans le noir pendant un long moment, frottant la trace fraîche laissée par les lèvres de Silver sur son visage. Il finit par faire demi-tour, écarta les buissons et s'engagea une fois de plus dans le parc. La lune éclairait la trace sombre, serpentiforme, laissée par leurs pas dans l'herbe couverte de rosée. Ben la suivit jusqu'au frêne, grimpa sur la route et marcha vers sa maison.

Le *Daily Tribune*

UN OVNI AU-DESSUS DU PARLEMENT

La nuit dernière, des piétons qui traversaient le pont de Westminster ont vu un objet volant non identifié planer devant Big Ben.

« C'était beaucoup plus grand qu'un oiseau », a expliqué Paul Smith (34 ans), herboriste. « Je n'ai jamais rien vu de tel. »

Des touristes japonais ont pris plusieurs photos. L'une d'elles est reproduite ici. Elle n'est pas très précise, car l'objet se trouve entre le cadran lumineux de l'horloge et la clarté de la pleine lune, mais selon l'équipe de ce journal, il s'agit soit d'un héron, soit d'un montage.

Le professeur Arthur James Dyer, du Département

des animaux disparus de l'université de Londres, n'est pas d'accord.

« C'est bien plus gros qu'un héron, et il n'est pas évident que les ailes soient celles d'un oiseau. En ce qui me concerne, je trouve qu'il n'y a aucun doute : c'est le premier exemple de ptérodactyle vivant. »

Cet incident n'est pas unique. Au cours des semaines précédentes, plusieurs témoins auraient vu des créatures inhabituelles à proximité de notre capitale.

Jeudi dernier, de joyeux promeneurs ont vu à Hampstead Heath un gros animal noir et poilu courir à la limite est du sous-bois couvert de bruyère. Un témoin affirme avoir très clairement distingué que cette créature avait « la tête et le torse d'un homme à cornes, l'arrière-train et les jambes d'une chèvre ». D'après lui, il ne faisait aucun doute que « c'était un satyre ».

Cette vision a été plusieurs fois attribuée à une illusion créée par un déguisement.

PUBLICITÉ DANS LE MAGAZINE *CHEVAL ET CHASSE*

Vous avez envie de vous livrer à une activité plus sportive que la chasse au renard ? Nous vous en offrons la possibilité. Si vous rêvez de tuer un loup-garou, un tigre à dents de sabre ou le légendaire camé-léopard, nous pouvons réaliser vos rêves. Pourquoi passer des heures à poursuivre une pauvre bête sans défense sur les terres d'autrui alors que vous pourriez vous vanter d'avoir fait des choses vraiment passionnantes ? Écrivez-nous à : Découvreurs de Merveilles, PO Box 721, Bixbury, Oxon 0X7 9HP. Discrétion et confiance assurées. Ne perdez pas de temps, ces créatures sont rares : et il ne tient qu'à vous qu'elles le deviennent encore plus !

Le *Kernow Herald*

LA BÊTE DE BODMIN : RÉALITÉ OU FICTION ?

Dimanche matin, des randonneurs qui revenaient d'une marche autour du Réservoir de Sibleyback, sur la lande de Bodmin, se sont précipités vers leurs voitures en entendant un grognement qui s'élevait de derrière un mur en pierres sèches.

M. B. Sage, qui habite Daglands Road, à Fowey, n'a pas prouvé qu'il portait bien son nom, ce jour-là en quittant son véhicule. Sa femme Barbara, 43 ans, cheveux blonds, nous a raconté sa version des événements :

« Nous avons entendu un grognement terrible, et Bernard m'a dit : "C'est la Bête, c'est elle ! Je vais prendre quelques photographies pour le journal. Nous allons être riches !" Ensuite, il a attrapé son appareil photo, il est descendu de voiture, et il a commencé à escalader le mur. Mon Bernard n'a jamais été très sportif, et pourtant, il est presque arrivé en haut. Ce qui s'est passé ensuite est un peu embrouillé dans ma tête. J'ai vu surgir une haute silhouette noire. Bernard est tombé à la renverse, un morceau de mur dans les mains. Il s'est cogné la tête. Je l'ai emmené aux urgences, à l'hôpital Callington, mais depuis, il est dans le coma. »

Selon un porte-parole de l'hôpital, M. Sage est sorti du service de soins intensifs et « se porte aussi bien que possible ». L'infirmière Samantha Ramsay a affirmé que M. Sage a eu de la chance que ce soit le mur qui lui tombe dessus et non ce qui se trouvait derrière.

Cela fait maintenant plusieurs décennies que l'on parle d'une « Bête de la Lande », mais le mois dernier, des rumeurs se sont répandues comme une traînée de poudre. Plusieurs personnes ont déclaré avoir vu une espèce de très gros chat, et plusieurs éleveurs ont perdu un certain nombre de moutons. Des experts du Service des animaux dangereux du zoo de Londres ont été étonnés par ce qu'ils ont trouvé en examinant les restes des victimes.

« Nous avions pensé qu'il s'agissait d'un puma ou d'un léopard qui se serait échappé, a déclaré le Dr Ivor Jones. Mais franchement, d'après les morsures, la taille importante des mâchoires suggère plutôt un animal beaucoup plus grand, qui possède probablement d'énormes canines, peut-être aussi grosses que celles d'un Smilodon. »

Les Smilodons (ou tigres à dents de sabre) ont disparu pendant l'ère tertiaire, et il n'existe aucun félin pourvu de telles mâchoires, aussi l'opinion du Dr Jones a-t-elle provoqué de nombreuses controverses.

SECONDE PARTIE
LÀ-BAS

9

CHEZ L'HORRIBLE ONCLE ALEISTER

Les jours suivants, Ben regretta de ne pas avoir suivi ses compagnons vers le pays secret. Il ne cessait d'y penser. À l'école, il avait l'esprit ailleurs ; la nuit, il voyait Iggy, Baguette et Silver dans ses rêves ; un petit chat noir et brun aux yeux dorés et brillants le regardait à travers un paysage inconnu, du haut d'une tour en pierre. Avec un sourire jusqu'aux oreilles, un farfadet chassait des mouches à moitié endormies dans les arbres d'une sombre forêt. Mais surtout, Ben rêvait de Celle-qui-nage-dans-le-sentier-argenté-de-la-lune. D'un mouvement nonchalant de la queue, elle remontait des profondeurs troubles de l'océan jusqu'à la surface étincelante.

Cependant, il y avait des nuits où Ben faisait des songes moins sereins. Une fois, il rêva d'une haute silhouette effrayante qui traversait la lande à grandes enjambées, son énorme tête de chien se découpant contre la lune, ses dents blanches et pointues luisant sous la pâle clarté de l'astre. Il entendait des créatures terrifiées pousser des cris qui se transformaient en gémissements au moment où elles étaient emportées vers un long tunnel.

Parfois, il se réveillait de ces cauchemars en entendant pleurer sa petite sœur dans l'obscurité, et aussi à cause d'un vague sentiment de culpabilité, comme s'il avait abandonné une tâche importante.

En classe, il essayait de chasser ces pensées, mais à chaque cours, il se passait quelque chose qui lui rappelait le pays secret. En littérature anglaise, il avait eu un essai à faire sur le thème : « Imaginez que votre animal familier a soudain la capacité de parler ». Au cours de géométrie, il avait tracé des demi-cercles, ce qui lui avait rappelé les paroles d'Iggy au sujet d'Eidolon séparé de la Terre. Et en biologie, quand M. Soames leur avait donné son cours sur la disparition des dinosaures, Ben avait déclaré sans réfléchir :

– Non, ils n'ont pas disparu, monsieur, ils vivent à...

Heureusement, son copain Adam l'avait tiré de ce mauvais pas en disant :

– À Bournemouth !

Toute la classe avait éclaté de rire.

Ben mourait d'envie de raconter ses aventures à quelqu'un. Ses secrets prenaient une telle ampleur, au fond de lui, qu'il craignait d'exploser. Il avait pensé en parler à Ellie, mais elle aurait hurlé de rire et elle aurait tout raconté à ses petites morveuses de copines (en particulier à Cynthia, car toutes deux s'entendaient comme larrons en foire). De plus, elle l'aurait impitoyablement taquiné.

Quant à son père, il était encore plus préoccupé que d'habitude. Il lui avait dit qu'il travaillait à « une histoire qui pourrait bien s'avérer importante », et il passait beaucoup de temps à l'extérieur pour faire des « recherches ». Plusieurs fois, Ben faillit se confier à sa mère, mais elle était trop malade. Bien qu'elle fût la seule susceptible de le croire dans la famille, il était sûr qu'elle se ferait du souci pour lui, ce qui la fatiguerait encore plus. Aussi, un beau matin, il sortit de la maison et s'assura que personne ne pouvait l'entendre, puis il s'approcha de la petite chatte blanche aux yeux obliques.

– Écoute-moi, dit-il du ton le plus raisonnable possible, il faut que je raconte ça à quelqu'un, sinon je vais devenir fou. Tu es un chat, tu dois être au courant pour Eidolon, pour le Vagabond et les routes sauvages. Est-ce que ça existe vraiment, ou est-ce que j'ai rêvé ?

La chatte lui lança un regard acéré, lourd de reproches, puis elle arqua le dos et s'éloigna.

– Elle est vraiment mal élevée, se dit Ben. À moins qu'elle soit un peu sourde ?

Il l'appela, mais elle se faufila sous la clôture et disparut. Les dons qu'il avait pour communiquer avec les animaux s'étaient évaporés en même temps qu'Ignatius Sorvo Coromandel, songea-t-il. Ou alors, il avait tout imaginé.

Cependant, qui serait capable d'inventer un nom pareil ? Et quelle personne douée de raison irait concocter une histoire si invraisemblable ?

En arrivant à la maison, il entendit sa mère l'appeler. Elle se trouvait à la cuisine, affaissée dans son fauteuil roulant. Les vêtements qu'elle avait tenté de mettre dans la machine à laver étaient éparpillés sur le sol.

– Oh, Ben ! dit-elle d'une voix abattue.

Le jean que Ben portait le soir où il avait emmené Iggy, Baguette et Silver à Aldstane Park était posé sur ses genoux. Elle tenait un petit objet sombre dans sa main. Elle était pâle, elle avait les traits tirés et le regard lointain, mais sa voix vibrait de colère.

– Où as-tu trouvé ça ? demanda-t-elle.

Elle ouvrit la main. L'objet était brun, de forme presque ovale, avec une extrémité plus pointue que l'autre. Une face portait des petites rides et des stries, alors que l'autre était lisse. Cela ressemblait à un morceau de pomme de pin, mais ce n'était pas du bois. Ben dut se creuser la tête pour se rappeler où il l'avait trouvé.

– Eh bien ? J'attends ta réponse, Ben.

Comment pouvait-il raconter à sa mère qu'il s'était introduit par effraction dans le magasin de M. Dodds, et qu'il avait trouvé cet objet étrange sur le sol de la salle des stocks ? Sa mère ne supportait pas la cruauté envers les animaux, et elle serait épouvantée d'apprendre que M. Dodds se livrait à cet horrible commerce. Mais cela ne l'empêcherait pas d'être furieuse contre lui.

– Je... je ne sais pas ce que c'est, dit-il en espérant qu'elle changerait de sujet.

– Moi, je le sais, et cela ne devrait pas se trouver dans ce monde.

Elle ferma les yeux. Elle semblait épuisée.

– Trop tard, murmura-t-elle. J'aurais dû y retourner, mais je l'ai quitté depuis trop longtemps...

Ben sentit son cœur se serrer.

– Qu'est-ce qu'il y a, maman ? Tu te sens mal ?

Mme Arnold lui jeta un coup d'œil anxieux. Elle essaya de faire rouler sa chaise jusqu'à la porte, mais elle s'effondra.

Ben s'agenouilla près d'elle.

– Maman, qu'est-ce que tu as ?

Elle le regarda, sans paraître le voir, et remua les lèvres pour dire quelque chose. Mais aucun son ne sortit de sa bouche.

Ben était affolé. Comme il lui prenait le poignet, l'objet glissa de la main de sa mère. Il le fourra dans sa poche, puis il chercha le pouls afin d'en compter les pulsations, comme on le lui avait appris au cours de secourisme.

Cent cinquante. Cela n'allait pas du tout.

Quand il recommença, un peu plus tard, il en compta deux cents. Il se précipita dans le couloir, ne sachant s'il devait appeler une ambulance ou son père. Finalement, il appela les deux.

Personne ne savait ce que sa mère avait. Elle resta à l'hôpital, dans une chambre isolée. On lui brancha toutes sortes de tubes, mais sa santé ne s'améliora pas. Une de ses amies vint chercher Alice. L'horrible oncle Aleister et l'horrible tante Sybil proposèrent de s'occuper de Ben et d'Ellie afin que M. Arnold puisse passer plus de temps au chevet de sa femme.

– Papa..., commença à protester Ben.

Mais son père le regarda d'un air si malheureux qu'il ne put refuser.

– C'est seulement l'affaire d'une ou deux semaines, le temps que ta mère surmonte ce moment pénible, dit M. Arnold comme s'il y croyait.

C'était horrible, chez l'horrible oncle Aleister. Ben s'y attendait, il l'avait vaguement redouté, mais il n'avait pas pensé à des détails spécifiques. L'imagination n'avait jamais été son point fort. Ce qui expliquait pourquoi il n'était pas du tout préparé à ce qu'il allait vivre. Tout d'abord, tante Sybil lui fit ôter ses chaussures à la porte avant de le laisser entrer (« pour ne pas salir la moquette »). Puis elle lui fit prendre un bain et laver les cheveux avec une espèce de concoction qui sentait mauvais, mais qui allait « le débarrasser de tous les méchants visiteurs inopportuns », avait-elle promis.

Ben ne voyait pas du tout à quoi elle faisait allusion. Mais il aimait bien l'idée que des visiteurs viennent faire la fête et passer du bon temps dans ses cheveux tout en restant invisibles au reste du monde. Cependant, il obéit, bien que le shampoing lui piquât les yeux et le cuir chevelu. Il fallut que Cynthia ricane en lui parlant de poux pour qu'il comprenne de quoi tante Sybil avait parlé. Après quoi, il eut des démangeaisons sur la tête toute la nuit.

Le dîner, composé de rognons, pommes de terre bouillies et chou cuit à l'étouffée, était si horrible qu'il avait été incapable de l'avaler malgré son appétit d'ogre. Résultat, tante Sybil l'avait envoyé au lit de bonne heure pour finir son horrible repas, dans la pièce qu'elle appelait « la chambre des boîtes ». C'était sans doute parce que cette pièce était pleine d'objets du même nom, supposa-t-il. En fait, il y en avait tant qu'il restait très peu de place pour le lit. Les boîtes, en carton marron, étaient entassées pêle-mêle. Elles ne portaient pas d'étiquette, et elles étaient fermées par du papier collant marron. La première que Ben voulut soulever était si lourde qu'il ne put la bouger. Mais la suivante était étrangement légère, comme si elle ne contenait que de l'air. Quand il la secoua, il n'entendit aucun bruit à l'intérieur.

Il s'assit au bord du lit de camp bancal et contempla son assiette. Puis, lentement, il mangea toutes les pommes de terre. Mais le chou était gris, gluant, et sentait l'eau croupie. Quant aux rognons... Vaincu, Ben les jeta dans un sac en plastique, qu'il glissa dans son sac à dos. Le lendemain matin, il les mettrait en douce à la poubelle. Ensuite, il eut l'idée d'ouvrir l'une des boîtes avec le canif que tante Sybil et oncle Aleister avaient oublié de lui confisquer. Cependant, il n'en fit rien. Si jamais ils découvraient son forfait, ils continueraient sans doute à le nourrir de chou et de rognons. Ou pire. Puis il pensa longuement à sa mère, et les larmes lui montèrent aux yeux. Pour se distraire, il sortit de la poche de son jean l'objet bizarre qu'il avait ramassé dans le magasin. Il le tourna et le retourna entre ses doigts, sentant ses étranges dentelures et la courbe lisse de l'autre face. Il le tenait à bout de bras en se demandant pourquoi sa mère avait été si affectée en le voyant, quand la porte s'entrouvrit légèrement. Une petite créature sans poils apparut. Elle avait une tête pointue et de grandes oreilles, de gros yeux d'un jaune ambré. Sa peau plissait autour des pattes et formait des poches aux jointures. Ouvrant un peu plus la porte en la poussant de la tête, elle entra dans la chambre et se planta au milieu, les yeux fixés sur Ben. Stupéfait, Ben laissa tomber l'objet, qui roula sans bruit sur le plancher et vint s'arrêter devant la créature. Elle recula d'un mouvement nerveux, puis elle se rapprocha de l'objet et le renifla. L'air alarmé, elle redressa la tête et finit par lui donner un coup de patte en crachant, tandis que son visage se plissait entièrement.

À ce moment-là, Ben pensa que cet étrange animal devait être un chat. Plus précisément, le chat de Cynthia. Cependant, les chats étaient censés avoir une robe soyeuse de la tête au bout des pattes. Quelle nouvelle atrocité Cynthia avait-elle infligée à la pauvre bête ?

Il tendit la main.

– Viens, minou, viens ! dit-il d'une voix douce.

Le chat, si c'en était un, lui jeta un regard mauvais.

– Ne me fais pas le coup du « minou », dit-il d'une voix haut perchée et grinçante.

Ben sourit.

– Toi aussi, tu parles ! Je croyais que j'avais tout imaginé. Comment t'appelles-tu ?

Le chat sourit.

– Tttu ne m'auras pas si facilement ! dit-il.

Après avoir traversé la chambre avec beaucoup de dignité, il lui jeta un coup d'œil en coin et sauta sur l'appui de la fenêtre. Ben sentait son regard sur sa nuque, comme une ombre glacée. Frissonnant, il se tourna vers lui.

– Es-tu un chat ? Qu'est-il arrivé à ta fourrure ?

– Que de questttions !

– Qu'est-ce que Cynthia t'a fait ? Elle ne s'occupe pas beaucoup de ses animaux...

Le chat cracha vers lui.

– Animaux ? Je ne suis pas un animal familier. Je suis un Sphinx.

Ben releva les sourcils. Cette révélation était très impressionnante, mais les seuls sphinx qu'il connaissait étaient ceux qui gardaient la grande pyramide de Khéops. Cette petite bête ridée et ratatinée ressemblait davantage à Yoda qu'à une belle sculpture égyptienne.

Comme s'il lisait dans ses pensées, le chat roula les yeux.

– Nous, les Sphinx, nous n'avons pas de poils. Nous ne sommes pas couverts de fourrure malodoranttte comme les chats ordinaires.

Il lui jeta un regard sournois.

– Contrairement au Vagabond.

– Tu connais le Vagabond ?

Le Sphinx commença à se lécher la patte, exactement comme font les chats.

– Oh, ouiiii, je connais le Vagabond.

Il examina ses orteils écartés avant de lever des yeux innocents sur Ben.

– Tttu ne saurais pas où il se tttrouve, par hasard ?

– Non. La dernière fois que je l'ai vu...

Ben fit une pause.

– Pourquoi veux-tu le savoir ?

– C'est... un ami.

La façon dont il prononça ces mots fit douter Ben de leur véracité.

– Euh... il est parti se balader, finit-il par répondre sans conviction.

Le chat l'observa d'un œil méfiant.

– À Eidolon, ajouta Ben pour voir sa réaction.

Les oreilles du Sphinx s'aplatirent sur son crâne.

– Sssss ! Que sais-tttu au sujet du royaume des ombres ?

– Oh, deux ou trois choses, répondit Ben d'un air évasif. Je sais comment on y va, par exemple.

Maintenant, le chat avait l'air affolé. Il sauta de l'appui de la fenêtre et longea le mur de la chambre à pas furtifs, comme s'il voulait mettre la plus grande distance possible entre Ben et lui.

– Il ttt'a envoyé comme espion, marmonna-t-il. J'aurais dû m'en douttter.

Il posa sur lui des yeux étrécis.

– Tttu ne devrais pas ttte mêler de ce qui ne ttte regarde pas, Ben Arnold. Cela peuttt-êtttre tttrès dangereux.

Sur ce, il s'en alla.

Ben resta un moment assis sur le lit. Il se sentait très mal à l'aise. Il aurait aimé qu'Iggy soit là, pour pouvoir lui parler. Il finit par se lever, se glissa vers la porte et jeta un coup d'œil dans le corridor. Aucun signe du Sphinx, ni de qui que ce soit. Refermant silencieusement la porte, Ben ramassa l'objet qu'il avait trouvé dans le magasin de M. Dodds et se remit à l'observer.

Cet objet paraissait si ordinaire, et cependant, le chat avait eu peur en le voyant.

Ben se rappela aussi la réaction de sa mère quand elle l'avait trouvé dans la poche de son jean.

Qu'est-ce que cela pouvait bien être ?

Il le retourna, l'examina encore, mais il n'en fut pas plus avancé. Il le frotta entre ses doigts. Une face était rugueuse, l'autre lisse. En le scrutant de plus près, Ben vit qu'il avait dû être, à une époque, d'une couleur rougeâtre, avant de ternir pour prendre cette teinte brunâtre sans intérêt. Il le flaira. L'objet avait une légère odeur de moisi, évoquant un organisme qui aurait été vivant autrefois.

Les sourcils froncés, Ben se mit au lit en essayant de se rassurer. Mais ses pensées tournaient dans sa tête comme des chauves-souris dans une grotte.

Cette nuit-là, il dormit très mal. Peut-être à cause du matelas du lit de camp complètement défoncé. Ou parce qu'il se trouvait dans la maison de l'horrible oncle Aleister. Ou peut-être parce qu'il avait faim, ou encore parce que Cynthia et Ellie rigolaient dans la chambre voisine. Ou alors, à cause des paroles du Sphinx.

Quoi qu'il en soit, il se réveilla brusquement en plein milieu de la nuit. Dehors, un moteur vrombissait. Ben se leva et alla regarder par la fenêtre. Une camionnette était garée en marche arrière sur l'allée, ses portières arrière grandes ouvertes, comme pour un chargement ou un déchargement. Ben scruta l'obscurité. Pendant un bon moment, il ne vit pas grand-chose à cause de l'absence de lune. Mais il sentait qu'une activité intense se déployait, car il entendait des pas sur le gravier ainsi qu'un murmure de voix. Quelques minutes plus tard, sa patience fut récompensée lorsque deux ombres s'approchèrent de la maison et que la lumière de sécurité s'alluma. Deux créatures au nez et aux doigts crochus, au corps voûté...

La lumière s'éteignit.

Ben retint son souffle en clignant plusieurs fois des paupières. Puis il se frotta les yeux. Il n'avait certainement pas vu ce qu'il avait cru voir ? Mais la lumière ne revint pas et quelques instants plus tard, il entendit les portières de la camionnette se refermer. Quelqu'un se mit au volant et engagea le véhicule sur la route. Ben regarda ses feux arrière s'éloigner.

Peut-être était-il en train de rêver ? Ce qui expliquerait tout.

Mais en s'écartant de la fenêtre, il se cogna un orteil contre le pied du lit, preuve douloureuse qu'il ne rêvait absolument pas.

Et que les êtres qu'il avait vus en train de transporter des cartons dans la camionnette étaient bel et bien deux lutins.

10

UNE DÉCOUVERTE INCROYABLE

Le lendemain matin, au petit déjeuner, Ben se rendit compte que Cynthia l'observait d'un air circonspect, ce qui ne lui ressemblait pas. Elle le regardait rarement, et quand elle le faisait, c'était toujours d'un œil furibond. Même Ellie était moins exubérante que d'habitude. Seuls l'horrible oncle Aleister et l'horrible tante Sybil parlaient. Ils projetaient une sortie. Ben n'écoutait pas vraiment ce qu'ils disaient, en partie parce que le sujet était mortellement ennuyeux (un client s'était plaint d'une marchandise défectueuse que l'oncle Aleister lui avait livrée) et en partie parce que le chat de Cynthia, le Sphinx sans nom, se tenait en haut de la bibliothèque, semblable à un serre-livres particulièrement déplaisant, et rivait sur lui ses yeux jaunes qui ne clignaient jamais.

– Eh bien, qu'en penses-tu ? demanda joyeusement tante Sybil. Nous pourrions y aller tous ensemble ?

Oncle Aleister ne parut pas très réjoui à l'idée d'être accompagné par toute sa famille.

– Vous allez vous ennuyer ! objecta-t-il.

– Mais, insista tante Sybil, je crois que cette maison

est un bel exemple de l'architecture Tudor. Ce serait une promenade culturelle pour les enfants.

Son mari roula les yeux. Il savait reconnaître sa défaite.

– Est-ce qu'il y a des boutiques ?

C'était tout ce qui intéressait Ellie et Cynthia.

Tante Sybil éluda la question avec un sourire.

– Le paysage est ravissant. Et il y a un jardin plein de papillons.

Cynthia fit la moue.

– Est-ce que j'ai la tête de quelqu'un qui s'intéresse aux papillons ? dit-elle d'un ton hargneux.

– Il y a aussi quelques beaux Poussin.

Cette fois, Ellie elle-même se montra fort mal élevée. Elle se mit à ricaner.

– Qui a envie d'aller voir des petites bêtes ridicules ?

Tante Sybil commençait à s'énerver.

– Non, non, ma chère, ce sont des peintures...

Mais cela ne fit rien pour les convaincre.

Ben, dont l'intérêt avait été un instant éveillé quand il avait entendu parler de poussins, pensa de nouveau aux lutins qu'il avait vus la veille. Qu'étaient-ils venus faire chez l'oncle Aleister ? C'était très bizarre. Ben aurait préféré rester ici pour chercher à comprendre, au lieu d'aller dans un manoir qui tombait en ruine et qui était rempli de meubles moisis et de vieux tableaux. De plus, il espérait avoir encore l'occasion de parler au Sphinx.

– Arrêtez de vous chamailler ! gronda l'oncle

Aleister. Nous irons tous ensemble, point à la ligne. Allons, en route ! Nous ne pouvons pas faire attendre lady Hawley-Fawley.

Ben dressa l'oreille.

– Est-ce que c'est lady Hawley-Fawley de Crawley ? hasarda-t-il.

L'horrible oncle Aleister lui jeta un regard dédaigneux.

– Comment diable un gamin comme toi pourrait-il connaître une aristocrate ?

Ben se mit à bredouiller.

– Euh... je...

Il se tritura désespérément les méninges avant de dire la première chose qui lui passait par la tête.

– J'ai entendu dire qu'elle avait une collection de chaussures connue dans le monde entier.

Bon sang ! Pourquoi avait-il dit *ça* ?

– Des chaussures ?

Le visage d'Ellie s'éclaira.

– Fantastique ! s'exclama Cynthia.

Et voilà. Une demi-heure plus tard, ils s'entassaient dans la Range Rover de tante Sybil et partaient pour Crawley.

Pendant tout le trajet, Ben essaya de se rappeler comment il connaissait le nom de lady Hawley-Fawley. Il n'avait jamais rencontré de gens de la noblesse. Peut-être son père avait-il mentionné le nom de cette dame quand il écrivait un article pour le journal ? Mais non, ce n'était pas de cette façon qu'il l'avait appris. Un peu plus tard, quand l'oncle Aleister annonça à tante Sybil que la marchandise défectueuse était un incinérateur de jardin, un petit déclic se produisit dans la tête de Ben.

Il revit une lettre portant un en-tête en relief, sur le bureau de l'animalerie. Cependant, cette lettre était adressée à M. Dodds.

Pourtant, si c'était ça...

Il fixa la nuque de l'horrible oncle Aleister et réfléchit aux conséquences possibles.

Au lieu de les suivre dans le grand manoir, Ben prétendit qu'il préférait explorer les jardins.

À sa grande surprise, personne ne le contraria. Oncle Aleister avait son rendez-vous ; quant à tante Sybil, Cynthia et Ellie, elles étaient bien trop excitées par la collection de chaussures pour se soucier de lui. Ce qui était une autre bonne raison pour disparaître quelques instants.

Il commença par jeter un coup d'œil au jardin. C'était plutôt décevant. Il y avait des haies basses et du gravier coloré, et pas le moindre papillon. Les fontaines étaient à sec, et quelques gros pigeons posés sur le bord des bassins avaient l'air de s'ennuyer. Ben suivit le sentier qui passait devant les petites mares ornementales, dans lesquelles de gros poissons orange évoluaient paresseusement parmi la végétation aquatique, comme des sous-marins miniatures. Il arriva dans un verger. Les feuilles mortes jonchaient le sol entre les arbres fruitiers, ce qui donnait à cet endroit un aspect encore plus négligé qu'aux autres parties du jardin. Mais Ben préférait cette apparence un peu sauvage. Du bout du pied, il fit voltiger quelques feuilles et les regarda redescendre en tourbillonnant dans la brise. Il ramassa une pomme tombée d'un arbre et, après l'avoir vaguement frottée sur son jean, mordit dedans. Mais le fruit était aigre, pas mûr, et en jetant un coup d'œil sur la trace laissée par ses dents, Ben aperçut quelque chose de blanc qui gigotait près du cœur.

– Berk, des asticots !

Il jeta le fruit aussi loin qu'il put et reprit sa marche.

Derrière le verger, l'herbe était piétinée et jonchée de petites coques brunes, qui craquèrent sous ses pas comme les faînes des hêtres quand elles sont sèches. Un peu plus loin, le sol, encore plus miteux, était encombré de ferraille rouillée, de meules de foin, de rouleaux de treillis métallique. Des tuteurs d'arbres étaient tombés entre des abris battus par les intempéries et des remises couvertes de lichen. Il y avait aussi des pots de terre cuites cassés, des sacs de compost qui se décomposait, des outils de jardin, des vieilles caisses, une bicyclette qui n'avait plus que la roue arrière. Et un dragon.

Ben s'arrêta pile, les yeux écarquillés.

Il n'avait jamais vu de dragon, excepté dans les livres, où ils étaient parés de magnifiques couleurs et crachaient des panaches de feu qui transformaient en quelques secondes des jeunes filles en poulets rôtis dignes du Kentucky Fried Chicken. Ou alors, ils combattaient de vaillants chevaliers qui voulaient les tuer.

Parfois, ils s'enroulaient autour d'une montagne d'or, au fond d'une caverne, pour protéger leur trésor des voleurs. C'étaient des créatures de légendes, puissantes, cruelles et magnifiques, qui s'élançaient comme des flèches et retombaient en piqué dans les cieux crépusculaires de la mythologie.

Mais ce dragon-là paraissait ne s'être jamais élancé, n'avoir jamais combattu un quelconque chevalier, ni avoir fait rôtir une seule jeune fille. Il était petit (pour un dragon), et portait autour du cou un lourd collier, attaché à un piquet de la clôture par une corde effilochée. Il était assis, les épaules rentrées, dans l'attitude d'un chat domestique, sa queue écailleuse et ses minces ailes tannées comme du cuir enroulées autour de ses pattes. Sa peau mouchetée donnait l'impression d'avoir été rapiécée, et il baissait la tête dans une attitude abattue. Il ne regarda même pas Ben quand celui-ci arriva.

– Bonjour !

Le dragon releva très lentement la tête, comme si elle était trop lourde pour lui.

Ses yeux pourpres semblaient avoir plusieurs iris. Ben sentit que s'il les regardait trop longtemps, il allait avoir l'esprit confus.

En voyant que son visiteur n'était qu'un petit garçon, le dragon laissa retomber sa tête et resta à contempler ses longs pieds couverts d'écailles.

Ben s'approcha à pas prudents. Il savait qu'il aurait dû avoir peur. Les dragons de ses livres étaient des monstres terrifiants. Cependant, il n'éprouvait pour celui-ci que de la curiosité et une sorte de pitié. Non seulement ce dragon avait l'air inoffensif, mais il était plutôt triste et accablé. Ben eut envie de lui donner l'accolade et de le détacher pour le libérer.

Il referma ses doigts sur l'objet qui se trouvait dans sa poche. Et brusquement, il sut exactement ce que c'était.

– Excusez-moi, dit-il en songeant qu'il valait mieux faire preuve de la plus grande politesse. Est-ce que ce ne serait pas à vous, par hasard ?

Il sortit l'objet de sa poche et le mit sous le nez du dragon, dont les narines se dilatèrent. Puis deux petites protubérances sur le sommet de sa tête – qui devaient être ses oreilles – se mirent à remuer. Ben recula un peu, au cas où l'animal aurait envie de le transformer en brochette.

– Encore une, dit le dragon, lugubre.

– Pardon ?

– Tu en as trouvé une autre.

Ben hocha vaguement la tête et brusquement, tout s'éclaira : ce qu'il avait pris pour des faînes de hêtres séchées n'était autre que des écailles tombées dans l'herbe piétinée et poussiéreuse ; l'apparence mouchetée du dragon était due au fait qu'il avait perdu des plaques d'écailles, exposant des zones de peau brun-gris. Même les écailles qu'il avait gardées étaient ternes, et paraissaient manquer de vitalité.

– Est-ce que tu es malade ? demanda-t-il soudain. Tu n'as pas l'air en forme.

– Je suis très fatigué, répondit lentement le dragon.

Il fixa Ben de ses yeux étranges.

– Et j'ai très faim.

Ben eut un rire nerveux.

– Personne ne te donne à manger ?

D'un air las, le dragon leva une patte pour montrer un tas de feuilles de choux et d'épluchures de pommes de terre qui pourrissaient près d'un abri.

– Peut-on appeler cela de la nourriture ?

– Qu'est-ce que tu aimerais ? Je pourrais peut-être te l'apporter.

Une lueur furtive traversa les yeux du dragon.

– J'ai toujours été très porté sur ce curieux mammifère à sang chaud, répondit-il.

Il l'évalua longuement du regard. Puis il lui adressa un sourire de crocodile.

– Tu as de la chance, je n'aurais même pas la force de faire rôtir un lapin en ce moment. Même pas une andouille.

– Une quoi ?

Mais le dragon regarda l'horizon d'un air mélancolique.

Ben eut une idée. Il ôta son sac à dos, dans lequel il avait mis le sac en plastique qui contenait son dîner de la veille. Il avait eu l'intention de le jeter dans une poubelle. Il le tendit au dragon.

– Tu vas peut-être aimer ça.

Bien que ce fût difficile à imaginer, même pour une créature d'un autre monde en train de mourir de faim.

Le dragon renifla. Du bout du nez, il sépara le chou de la viande. Puis une grande langue grise, comme celle d'un serpent mais beaucoup, beaucoup plus grande, jaillit de sa gueule et, deux secondes plus tard, tous les rognons avaient disparu.

Le dragon posa sur lui un regard plein d'espoir.

– Mmm... c'était délicieux. Tu en as encore ?

Apparemment, la nourriture était bien moins appétissante dans le pays secret que dans ce monde, songea Ben en se rappelant la façon dont Iggy avait dévoré le hachis parmentier.

– Non, je suis désolé, il n'y avait que ça.

Ce serait formidable s'il pouvait cacher le dragon dans le jardin de l'horrible oncle Aleister, songea Ben. Il pourrait lui donner tous ses restes.

Au même instant, il entendit des voix. Deux personnes avançaient dans le verger. Reconnaissant la voix tonitruante d'oncle Aleister, Ben fit la grimace. Il saisit son sac à dos et le sac en plastique, et fila se cacher derrière la cabane la plus proche. Il entendit le dragon grommeler : « Grossier personnage, vraiment. Même pas dit au revoir. Ne s'est même pas présenté... »

– Je vous assure qu'il est complètement inutile ! était en train de dire une femme. Depuis le premier jour, il n'a jamais travaillé. Tout ce qu'il sait faire, c'est rester assis en prenant un air de martyr. Comme vous pouvez le constater, il n'a pas brûlé la moindre feuille. Le verger est une horreur ! Je ne peux même pas montrer cet animal à mes invités, il est tellement laid. Et je suis sûre qu'il est malade. Comme vous le voyez, il perd toutes ses écailles.

La femme était mince et petite. Elle avait la tête ceinte d'une écharpe aux couleurs vives, un long nez étroit, de longs bras minces et une longue jupe serrée qui touchait presque le sol. Elle marchait près de l'oncle Aleister, qui paraissait furieux, d'après ce que Ben pouvait voir à travers la meule de foin et les rouleaux de treillis. Il semblait avoir envie de répondre à cette femme d'une façon que les bonnes relations commerciales lui interdisaient.

– Allons examiner cette bête, lady Hawley-Fawley, décida-t-il en faisant tomber la cendre de son cigare. Je suis certain qu'elle va s'habituer. Voyez-vous, il faut du temps pour que ces créatures exotiques s'adaptent à un nouvel environnement.

Il posa sur le dragon un regard plein d'appréhension. Puis il tendit une main vers lui.

Le dragon leva des yeux où se lisait un intérêt qu'il n'avait encore jamais manifesté. Puis il montra les dents, toutes ses dents, qui étaient nombreuses, et poussa un grondement sourd. Oncle Aleister fit un petit bond en arrière.

– Je veux que vous me remboursiez ! ordonna la femme d'un air mécontent. La somme totale, de mille cinq cents livres, et pas d'objections, cher monsieur !

– Si vous aviez lu attentivement les lignes écrites en petites lettres..., commença l'oncle Aleister.

– Je ne veux rien entendre ! coupa lady Hawley-

Fawley. Je connais mes droits. Rendez-moi mon argent, ou remplacez cet animal par un autre qui soit en pleine forme ! Immédiatement !

– Nous... euh... nous n'en avons plus en stock pour l'instant.

Lady Hawley-Fawley posa les mains sur ses hanches.

– Si vous continuez ainsi, je vais appeler mon avocat, et l'Association de défense des consommateurs. Et le médiateur. Et le député !

Comme l'oncle Aleister ne trouvait rien à dire pour se justifier, elle ajouta en le fusillant du regard :

– Et la police !

– Calmez-vous, calmez-vous. Je vais vous en procurer un autre.

– Vous pouvez reprendre celui-ci. Je ne veux pas qu'il continue à mettre la pagaille dans mon jardin ; et je n'ai pas envie de voir cette satanée bestiole tomber raide morte. Je me demande ce que dirait la S.P.A.

L'oncle Aleister hocha la tête d'un air las.

– Vous pouvez vous en aller, vous et votre famille de fous, continua-t-elle. Une célèbre collection de chaussures ! Non mais... pour qui me prenez-vous ?

Indignée, elle s'éloigna d'un pas vif, dans la mesure où sa longue jupe étroite et ses hautes bottes de caoutchouc vertes le lui permettaient. L'horrible oncle Aleister demeura seul (en apparence) avec le dragon.

– Bon, souffla-t-il en essuyant la sueur qui coulait sur son front, viens avec moi. Tu es un bon dragon.

Mais le dragon ne prit même pas la peine de le regarder. Il renifla le sol, là où Ben avait posé son dîner, comme s'il cherchait quelque chose, et lécha un brin d'herbe. L'oncle Aleister fit un pas vers lui, puis un autre, et encore un autre. Il posa la main sur le cou du dragon. Un minuscule filet de fumée s'échappa du nez de l'animal.

Affolé, l'oncle Aleister laissa tomber son cigare.

– Allons, allons, ce n'est pas la peine, s'empressa-t-il de dire. Reste là, mon brave, pendant que je vais chercher la voiture.

Et il traversa le verger à fond de train.

Ben attendit qu'il soit parti avant d'émerger de sa cachette.

– Tu viens à la maison avec nous ! dit-il d'un ton joyeux.

– À la maison ? Je n'ai pas de maison dans ce monde.

Il regarda Ben.

– Ma maison me manque. J'ai bien peur de ne jamais la revoir. Ils vont m'emmener dans un autre endroit terrible. Ils vont me tuer parce qu'ils ne pourront pas tirer profit de moi, ou bien je vais mourir par manque de soins. Ou encore de chagrin, parce que je ne reverrai jamais ma femme et mes gosses.

Une grosse larme, unique, roula au coin d'un de ses yeux pourpres et glissa sur sa joue. Ben n'aurait jamais cru qu'un dragon puisse pleurer. Il avait entendu parler de larmes de crocodile, ce qui signifiait qu'elles n'étaient pas sincères. Les crocodiles les versaient afin d'attendrir les gens trop confiants pour mieux les happer entre leurs gigantesques mâchoires. Le dragon ressemblait plus à un crocodile qu'à aucune autre créature à laquelle il pouvait penser. Cependant, il paraissait si sincère et si triste que Ben sentit les larmes lui monter aux yeux.

Il prit rapidement une décision.

– Très bien. Il faut que tu retournes chez toi. Nous te ramènerons à Eidolon.

Le dragon cligna des paupières.

– Tu connais mon pays ?

– Je n'y suis jamais allé, admit Ben. Mais je sais par où il faut passer.

Il avait un plan. Et ce qui était génial, c'était que l'horrible oncle Aleister allait les aider sans même s'en rendre compte.

L'oncle Aleister passa vingt longues minutes à manœuvrer pour faire entrer le dragon à l'arrière de la Range Rover. L'odeur du pot d'échappement et de l'essence terrorisait la pauvre bête. L'oncle de Ben commença par décrocher la corde du piquet, et il tira le dragon par son collier. Le dragon ne bougea pas. L'oncle Aleister appuya l'épaule contre son arrière-train et poussa. En vain. Finalement, pour être débarrassé de l'auteur de ses tourments plus que pour toute autre raison, le dragon bondit dans le véhicule et s'accroupit, les flancs haletants. Il regarda d'un air sinistre l'oncle Aleister pendant que celui-ci se redressait et jurait en voyant son costume couvert de poussière. Mais le dragon finit par s'allonger et il accepta la couverture que l'oncle Aleister étendait sur lui, ce qui lui donnait l'air aussi inoffensif qu'un monceau de détritus.

Ben regarda la voiture remonter le chemin sinueux. L'arrière s'affaissait sous sa charge d'une façon plutôt inquiétante. Puis il prit ses jambes à son cou. Il traversa le verger en courant, longea les mares ornementales, passa par le jardin aux papillons et arriva devant la maison juste à temps pour voir la Range Rover apparaître au coin de la rue, qui tournait derrière la propriété de lady Hawley-Fawley. Tante Sybil, la cousine Cynthia et Ellie étaient déjà là. Elles ne paraissaient pas très contentes.

– Quel embarras ! s'écria tante Sybil d'un air sévère dès qu'elle vit Ben. Je n'ai jamais été si mortifiée de ma vie !

– Il n'y a jamais eu de collection de chaussures ici, espèce d'idiot ! renchérit Cynthia en lui enfonçant ses ongles dans le bras.

– Aïe !

– Laisse-le tranquille ! dit Ellie. C'est *mon* frère, pas le tien.

Secrètement, elle s'était réjouie de la scène entre lady Hawley-Fawley et leur horrible tante.

Cynthia fut si étonnée qu'elle monta sur le siège arrière de la Range Rover sans décrocher un mot.

C'était bizarre d'être ligué avec l'oncle Aleister, même si celui-ci ne savait pas qu'ils partageaient un secret. Quand le dragon remua soudain dans un virage en épingle à cheveux, la Range Rover partit en zigzags. Tante Sybil reprocha à son mari de ne pas savoir conduire, ce qui provoqua une dispute. Ben rit sous cape. Le dragon poussa un gros soupir, et Ben fit croire que c'était lui. Les autres le regardèrent de travers, y compris l'oncle Aleister, dans le rétroviseur. Sur la route, ils serrèrent sur la droite et se laissèrent doubler par les guimbardes les plus vieilles et les plus défoncées. Enfin, quand un ancien véhicule à trois roues les dépassa, tante Sybil explosa.

– Mais qu'est-ce que tu fais, à la fin ? s'écria-t-elle. Tu conduis comme une vieille femme. Gare-toi, je vais prendre le volant !

C'était inutile de discuter avec elle quand elle avait le mors aux dents. À la station-service, elle se mit au volant et reprit la route.

Elle enfonça le champignon, mais le véhicule continua de se traîner lamentablement sous son poids inhabituel.

– Bon ! hurla-t-elle, il y a certainement quelque chose qui ne va pas avec cette voiture ! Elle avance aussi vite qu'une limace. Ce doit être une bielle.

Ben ne voyait pas ce qu'elle entendait par là, mais il aimait la comparaison avec une limace. Il fut tenté de regarder par la vitre arrière pour voir s'ils laissaient derrière eux une trace argentée et luisante, une trace qui marquerait sa progression vers un monde magique.

⌒ 11 ⌒

XARKANADÛSHAK

Ellie, Cynthia et tante Sybil se disputaient dans la cuisine au sujet des mérites comparés de Versace, d'Oscar de la Renta et de Christian Lacroix. Pour Ben, qui n'avait pas la moindre idée de ce dont elles parlaient, ces noms évoquaient des joueurs de football étrangers ; mais, connaissant le mépris absolu d'Ellie pour le sport, il pensa qu'il devait s'agir d'autre chose. Quand la discussion s'échauffa, Ben sortit par la porte de derrière et se cacha dans le massif de rhododendrons pour voir ce que l'oncle Aleister allait faire du dragon. Il n'eut pas à attendre longtemps. Son oncle se dirigea vers le garage, ouvrit les portières arrière de la Range Rover. Sans ménagement, il tira le dragon hors du véhicule, puis le long du sentier, en direction de ce que tante Sybil appelait son « belvédère ». Aux yeux de Ben, ce n'était rien d'autre qu'un abri ordinaire.

Une fois arrivé là, l'oncle Aleister dit au dragon d'un ton menaçant :

– N'essaie surtout pas de le passer par les flammes !

Si tu brûles un tant soit peu cet endroit, je te transfor-
merai en pâtée pour chiens !

Il s'empressa de sortir de l'abri et claqua la porte.

– D'ailleurs, ajouta-t-il à travers les lattes, c'est probablement ce que je pourrais faire de mieux. Je pense
que certains propriétaires de dobermans seraient prêts
à donner une bonne somme d'argent à Dodds en
échange de quelques bons steaks de dragon.

– Des dobermans..., répliqua le dragon. J'avais l'habitude d'en manger au petit déjeuner.

L'oncle Aleister eut un rire cruel.

– Tu ne pourrais même pas avaler un chihuahua,
dans l'état où tu es.

Riant toujours, il remonta lourdement le sentier
jusqu'à la maison.

Ben attendit qu'il ait disparu, puis il se dirigea vers
l'abri sur la pointe des pieds, ouvrit la porte et tendit le
cou. Le dragon était lové sur le sol, la tête posée sur ses
pattes. Il tremblait.

– Tu as froid ? demanda doucement Ben en se glissant à l'intérieur.

Le dragon leva la tête. Dans la pénombre, ses yeux
scintillèrent comme des pierres précieuses.

– De la pâtée pour chiens..., dit-il d'une voix nasil-
larde. Il veut me donner en pâture aux chiens !

– Je suis sûr qu'il ne le pensait pas.

Mais Ben n'y croyait pas vraiment. Il connaissait
l'oncle Aleister, qui était tout à fait capable de commet-
tre un tel acte, surtout si cela pouvait lui rapporter de

l'argent. Brusquement, Ben prit conscience de la signification de ce qu'il venait de voir.

– Mais il a compris ce que tu lui disais ! Vous vous
êtes parlé ! s'écria-t-il.

– Oui, dit le dragon d'un ton sarcastique. Nous
sommes des amis très proches, malgré les apparences.

– Je croyais que j'étais le seul...

– Oh, il comprend aussi ce que tu dis, non ? dit le
dragon. Magnifique ! Je suis content pour toi.

– Ce n'est pas ce que je voulais dire, chuchota Ben.
Je croyais être le seul capable de comprendre le langage
des créatures d'Eidolon. Mais si l'oncle Aleister le comprend lui aussi...

– Ils sont tous dans le coup, tous ces traîtres, dit
vivement le dragon. Lui, Dodman et leurs alliés. Ils ont
toujours convoité le pouvoir que ton monde peut offrir.
Nous aurions dû les arrêter tant que c'était possible,
mais nous n'avions pas compris à quel point ils étaient
ambitieux.

Ben fronça les sourcils.

– Qui est Dodman ?

Malgré le manque de lumière dans l'abri, Ben sentit
le regard dur que le dragon lui décochait.

– Est-ce que tu le fais exprès pour me taper sur les
nerfs ?

Ben rougit. Heureusement qu'il faisait sombre,
pensa-t-il.

– C'est M. Dodds ? hasarda-t-il.

– C'est comme ça que vous l'appelez ici.

– Pourquoi l'appelles-tu Dodman ?

Le dragon ferma les yeux.

– Prie pour ne jamais le savoir. Maintenant, tu ferais mieux de me laisser tranquille. S'ils découvrent que tu me parles, c'est *toi* qu'ils vont transformer en pâtée pour chiens.

Ben frissonna.

– Je ne les laisserai pas faire ! dit-il d'une voix ferme. Ni avec toi, ni avec moi.

Il s'approcha de la porte.

– Je vais revenir t'aider à rentrer dans ton pays, promit-il.

Ouvrant un œil, le dragon posa sur lui un regard incrédule.

– Quelle chance un garçon comme toi a-t-il contre eux ? Tout ça, c'est trop compliqué. Tu ferais mieux de sauver ta peau et de m'oublier.

– Mon nom est Benjamin Christopher Arnold, déclara Ben. Et je pense ce que je dis.

Le dragon ouvrit l'autre œil.

– C'est très courageux de ta part de donner ton véritable nom à un dragon ; si c'est vraiment ton nom, dit-il après un silence. Bien que tu ne saches sans doute rien de ces histoires. En tout cas, je te remercie. C'est un réconfort pour moi d'avoir trouvé un ami dans ce monde redoutable, Ben. Même si tu es le dernier que je puisse me faire.

Il posa de nouveau la tête sur ses pattes d'un air las et referma les yeux.

– Alors, c'est comme ça ? dit Ben, soudain furieux. Tu baisses les bras ? Sans même te donner la peine de me dire ton nom ?

Le dragon soupira.

– Quelle importance ? De toute façon, tu n'arriverais pas à le prononcer.

– Essaie toujours ! le défia Ben.

– Je me demande si je peux vraiment te faire confiance.

Le dragon le fixa de ses yeux extraordinaires. Ben eut l'impression qu'ils se mettaient à tourner et à s'embraser. Il crut qu'il allait s'évanouir. Le dragon poussa encore un soupir.

– On dirait que je peux te faire confiance... après tout, tu lui appartiens, à elle... Très bien. Mon nom est Xarkanadûshak.

– Oh !

Dans la pénombre de l'abri, une grande rangée de dents blanches se mit à luire un bref instant. Surmontant un accès de panique, Ben comprit que le dragon souriait.

– Tu peux m'appeler Zark.

– Zark ! répéta Ben.

Tendant la main, il effleura la tête du dragon. Les écailles étaient froides et très sèches sous sa paume ; un peu comme une peau de serpent, mais en plus dur. Ne sachant que faire, Ben lui tapota la tête, comme il aurait fait à un chien.

– Il faut que j'y aille, avant qu'ils se rendent compte

de mon absence, dit-il. Tout à l'heure, je t'apporterai à manger.

– Pas de chou, dit Zark.

– Pas de chou ! promit Ben.

Ce soir-là, il y avait de la salade au dîner. Inconsolable, Ben tria la verdure avec l'espoir de reconnaître un aliment digne de ce nom. Ellie et Cynthia avaient déclaré qu'elles suivaient un régime, bien qu'elles fussent déjà épaisses comme des manches à balai, et tante Sybil s'était jointe à elles. L'horrible oncle Aleister était parti voir un collègue ; Ben suspecta qu'il s'agissait de M. Dodds, ou Dodman.

Il alla se coucher l'estomac dans les talons. Pas étonnant que le dragon soit fatigué et de mauvaise humeur, songea-t-il, étendu sur le lit, tandis que son estomac protestait. Zark avait suivi pendant plusieurs semaines le régime de lady Hawley-Fawley : épluchures de pommes de terre et chou. Peut-être pourrait-il suggérer ce régime à Cynthia ? songea Ben.

Une fois plongée dans le noir, la maison devint enfin silencieuse. L'oncle Aleister n'était pas encore rentré, sa voiture n'était pas garée dans l'allée, mais Ben ne pouvait pas attendre plus longtemps. Il sortit sur le palier en prenant garde de ne pas poser les pieds sur les planches disjointes et se laissa glisser le long de la rampe pour ne pas emprunter l'escalier, qui grinçait. Avec le jean noir, le pull noir et la veste de laine noire qu'il avait enfilés pour passer inaperçu, il avait l'impression d'être James Bond.

Il commença par faire une razzia dans le frigidaire argenté qui, avec sa double porte, était aussi grand qu'une armoire. Pour une famille qui suivait un régime, il contenait un nombre considérable de denrées. Ben attrapa un sac en plastique alimentaire, dans lequel il introduisit un poulet rôti entier, deux steaks, une tranche de jambon, un peu de saumon fumé, un gros morceau de cheddar, deux sachets de bacon, un gros sachet mou qui devait contenir des rognons, et une épaule d'agneau. Voilà qui ferait l'affaire. Puis, pour faire bonne mesure, il ajouta un pot de crème glacée, une cuillère et un paquet de biscuits.

Il fila sur le sentier du jardin. En entrant dans l'abri, il trouva le dragon debout, qui attendait avec impatience. Avant que Ben n'ait le temps de refermer la porte, Zark plongea la tête dans le sac en plastique. Bientôt, tout le contenu se retrouva éparpillé par terre.

— Mmmm, dit le dragon d'un air gourmand. Vache, cochon, mouton. Poisson. Oiseau. Excellent : il y a là tous les aliments de base.

Il renifla le carton de crème glacée.

— Et ça, qu'est-ce que c'est ?

— De la crème glacée et des langues de chat.

Zark lui jeta un coup d'œil en biais.

— C'est drôle, commenta-t-il, ça n'a pas du tout l'odeur du chat.

Pendant qu'il dévorait le poulet rôti, les steaks et

l'épaule d'agneau, Ben engloutit la crème glacée. Puis il aida le dragon à ouvrir les sachets de bacon, de saumon et de rognons, et le regarda avec autant de respect que d'inquiétude pendant qu'il engouffrait le tout.

Ben pensa qu'il pourrait lui-même manger le fromage, mais finalement, l'idée était écœurante, après toute cette crème glacée. Il mit le fromage dans sa poche pour plus tard. La nuit risquait d'être longue.

Bientôt, Xarkanadûshak eut mangé tout ce qu'il y avait de comestible pour un dragon. Il rota d'un air satisfait et s'installa sur le sol, les pattes repliées contre son ventre.

– Hé, s'écria Ben, ce n'est pas le moment de dormir !

– Juste une petite sieste, dit le dragon en bâillant.

– Nous n'avons pas le temps. Oncle Aleister risque de revenir d'une minute à l'autre. As-tu *envie* d'être transformé en pâtée pour chiens ?

Pour toute réponse, il entendit un ronflement, puis un autre et encore un autre. Ils résonnaient aussi fort que le moteur d'une tondeuse à gazon.

Ben s'empara d'un râteau et piqua le dragon du bout du manche.

– Réveille-toi !

Zark gronda. De petites flammes s'échappèrent de ses dents, illuminant l'intérieur de l'abri.

Ben retint son souffle.

– Qu'est-ce qu'il y a encore ? demanda le dragon d'un air mécontent.

– Tes écailles... elles... brillent !

– C'est ce qu'elles font généralement, quand je suis prêt à faire rôtir quelqu'un.

Ben recula.

– Euh... fais rôtir oncle Aleister, suggéra-t-il. Ou M. Dodds, mais pas moi. Et si tu ne veux pas retourner à Eidolon, je vais me coucher.

Quand le dragon entendit le nom du pays secret, ses yeux s'embrumèrent. Lentement, il se remit debout.

– Allons-y, dit-il.

Maintenant que Zark avait repris des forces, le trajet entre King Henry Close et Aldstane Park serait moins difficile à faire qu'il ne l'avait envisagé, espéra Ben. Mais il se trompait. Pour commencer, Zark démolit le portail de derrière, car tout ce qu'il avait mangé l'avait arrondi et il le passage était insuffisant. Puis il s'arrêta devant le garage, dont il flaira la porte.

– Le monstre est là-dedans, n'est-ce pas ?

– Le monstre ? répéta Ben.

– La bête dans laquelle ils m'ont emmené ici.

– Oh, tu parles de la Range Rover de tante Sybil ?

Le dragon lui jeta un coup d'œil méfiant.

– Oui, ce monstre. J'ai un compte à régler avec lui.

Avant que Ben puisse prononcer un mot pour l'en dissuader, Xarkanadûshak défonça la porte du garage d'un coup de tête et fit fondre les pneus de la voiture. Une odeur et une fumée terribles s'élevèrent.

– En fin de compte, déclara le dragon avec satisfaction, cette créature est lâche, elle n'a même pas essayé de se battre.

Ben sentit la peau de son cou picoter, comme si quelqu'un les regardait, mais quand il se retourna, il n'y avait personne.

– Nous ferions mieux de partir en courant, dit-il d'un ton nerveux en regardant la colonne de fumée noire qui s'élevait en spirale dans le ciel nocturne.

– Courir ? Les dragons ne courent pas, mon garçon. Ils *volent.*

– Tant mieux pour toi, mais pour moi, c'est impossible.

– Bien sûr que non ! dit gentiment Zark. Allez, monte !

Il baissa vers Ben une aile rouge et brillante.

– Vraiment ?

– Vraiment.

Ben grimpa, avec le vague sentiment d'avoir négligé un détail. Mais avant qu'il se souvienne de ce dont il s'agissait, le dragon avait pris son élan sur ses puissantes pattes arrière et il bondit vers le ciel dans un grand bruissement d'ailes. Ben faillit tomber. Il se retint avec tout ce qu'il put, mains, genoux, pieds. Puis il se souvint ; il avait négligé de réfléchir à deux problèmes : a) Les dragons n'offraient aucune prise pour qu'un petit garçon puisse se retenir ; b) Le fait de s'envoler signifiait qu'il allait s'élever très haut dans les airs.

Et c'est à ce moment-là qu'il commit l'erreur de regarder en bas.

En dessous – très loin en dessous – il aperçut King Henry Close qui rapetissait, et bientôt les énormes maisons des cadres ne furent pas plus grandes que des boîtes d'allumettes. Cependant, son regard était assez acéré pour qu'il puisse distinguer la Jaguar de l'oncle Aleister, qui se garait dans l'allée. Zark et lui s'étaient échappés de justesse. Maintenant, le dragon montait en flèche, et le vent froid sifflait aux oreilles de Ben. Ses vêtements se gonflèrent et se mirent à claquer de manière inquiétante. Quelques instants plus tard, le fromage glissa de sa poche et tomba. Ben eut l'idée affolante qu'il allait le suivre s'il n'arrivait pas à convaincre Zark d'atterrir. Tout à coup, il avait beaucoup moins l'impression de ressembler à James Bond.

– Descends ! hurla-t-il. Descends !

Mais Xarkanadûshak était en extase. Il fredonnait. En même temps, ses écailles changèrent de couleur. Sous la clarté de la lune, Ben les vit passer du rouge au pourpre, du bleu au vert, du vert au jaune, puis au jaune d'or et à l'orange, avant de redevenir rouges. Bien qu'il fût raide de peur, Ben reconnut que c'était très impressionnant. Cependant, cet étalage les rendait également bien plus visibles si quelqu'un levait les yeux vers le ciel à cette heure tardive.

– Zarba... Zarkan...

Impossible de se rappeler son nom.

– Zarnaka... Zarkush...

Le dragon vira sur le côté en poussant un rugissement de joie, et le vent emporta la voix de Ben. Il eut un très bref aperçu de la cime des arbres qui filaient à toute vitesse et d'une chouette qui les regarda d'un air étonné en les esquivant.

Paniqué, Ben se rappela enfin le nom du dragon.

– Xarkanadûshak ! cria-t-il d'un ton désespéré. Nous devons atterrir dans le parc ! Tout de suite !

Zark lui prêta enfin attention. Il gronda, tandis qu'une petite flamme rouge s'échappait de ses narines et s'éteignait dans l'obscurité. Puis, comme si le fait d'entendre son nom l'avait vaincu, Zark étendit ses ailes et plana au-dessus de Bixbury, tel un goéland sur un courant d'air chaud. Se penchant sur son cou, Ben hurla près de la protubérance qui se trouvait sur sa tête et qui devait être son oreille :

– Tu vois ce lac, là-bas, à gauche ? Pose-toi à côté.

Repliant les ailes tel un rapace qui fond sur sa proie, Zark descendit en piqué. Le sol se rapprocha d'eux à une vitesse alarmante. Certains garçons auraient poussé des cris de joie au cours d'une telle chevauchée, mais Ben n'en faisait pas partie. Il ferma les yeux et serra les paupières, s'apprêtant à rencontrer la mort. Heureusement, elle ne les attendait pas cette nuit. Au contraire, il sentit bientôt que le dragon s'arrêtait brusquement et faisait une petite embardée, puis il y eut un bruit sourd. Quand Ben ouvrit les yeux, ils étaient sur la terre ferme, au milieu d'Aldstane Park.

– Pas si mal, cet atterrissage, dit Zark, rêveur. Un peu avant, j'ai viré maladroitement sur la droite. Je suis moins aérodynamique depuis que j'ai perdu toutes ces écailles. Mais c'était tout de même très correct, si tu considères que je n'ai pas eu l'occasion de m'entraîner depuis quelque temps.

Les genoux flageolants, Ben se laissa glisser de son dos. Le sol semblait valser et se soulever sous ses pieds.

– Je me sens revivre, s'exclama Zark. Le grand Xarkanadûshak est vivant et en pleine forme !

Il inhala un grand bol d'air, faisant gonfler sa poitrine comme une voile qui prend le vent. Puis il expira bruyamment. Malheureusement, une grosse flamme s'échappa en même temps que l'air. Et brusquement, il ne resta à la place du banc de jardin qu'un cadre métallique fumant et un tas de cendres noires.

– Oh, Zark...

Ben allait semoncer le dragon pour cet acte irresponsable, et lui expliquer qu'on n'incendiait pas la propriété d'autrui – même si c'était la propriété de la ville –, quand il entendit un cri. Attirées par le jaillissement des flammes dans l'obscurité, trois silhouettes escaladaient les grilles du parc.

C'étaient l'horrible oncle Aleister et les lutins.

12

EIDOLON

– Zark, dépêche-toi !

Le dragon tourna vivement la tête vers lui.

– Qu'est-ce qu'il y a ? demanda-t-il, agacé.

De la main, Ben désigna les grilles.

– Ah ! Le grand Xarkanadûshak va tous les faire rôtir !

– Je ne crois pas que ce soit une très bonne idée, protesta Ben.

Il avait beau détester l'oncle Aleister, c'était tout de même le frère de sa mère.

Zark prit une profonde inspiration, comme s'il se préparait à lancer des flammes. Quand la lune émergea de derrière un nuage, illuminant les silhouettes qui escaladaient les grilles, Zark abandonna son air bravache. Il parut soudain terrorisé.

– Dodman ! murmura-t-il dans un souffle.

Cette fois, seul un mince filet de fumée s'échappa de ses narines.

Ben avait le cœur serré.

– Que tu le veuilles ou non, il faut foncer ! Suis-moi !

Ils filèrent vers le sombre massif de buissons, en direction du menhir. Mais Baguette n'était plus là pour éclairer leur chemin. Une fois au milieu des rhododendrons, Ben se perdit. Il avait un vague souvenir de la situation du rocher, mais dans le noir, il n'arrivait pas à le retrouver. Il avait aussi l'esprit trop confus. Zark avançait lourdement derrière lui, écrasant les buissons, cassant des branches, dévastant tout sur son passage. Ben jeta un coup d'œil par-dessus son épaule : Dodman et ses larbins gagnaient du terrain, sur un chemin tout tracé.

Le dragon se retourna lui aussi.

– Sales lutins ! rugit-il. Je vais les brûler !

– Non !

Ben l'attrapa par une aile, qu'il tira frénétiquement.

– Tu mettrais le feu au parc !

Ils repartirent en courant. Ben regardait à droite et à gauche, cherchant des yeux la petite clairière dans laquelle se dressait le menhir. Il le revoyait en esprit comme s'il était devant lui, mais hélas, il n'y était pas.

Quand il jeta de nouveau un coup d'œil par-dessus son épaule, l'horrible oncle Aleister et M. Dodds marchaient juste derrière les deux lutins, probablement ceux qui avaient chargé la camionnette dans l'allée.

Ben ramassa une branche de pin tombée par terre.

– Zark ! cria-t-il d'une voix impatiente. Peux-tu allumer seulement cette branche, en prenant de grandes précautions ?

Le dragon lui jeta un coup d'œil vexé, puis il souffla

très doucement sur le morceau de bois. Une seconde plus tard, une fleur de feu s'épanouit au bout de la branche. Ben se remit à courir en brandissant très haut la torche, comme s'il portait la flamme olympique.

Maintenant, il arrivait à s'orienter.

– C'est par là ! s'exclama-t-il en s'enfonçant dans un massif particulièrement touffu.

Des branches d'aubépine s'accrochèrent à sa veste et à son jean. Ben entendait le souffle lourd du dragon derrière lui. Pourvu que Zark n'aille pas mettre le feu sur son passage ! espéra-t-il.

Soudain, la Vieille Pierre, qui marquait l'entrée d'Eidolon, se dressa devant lui. Maintenant qu'il la voyait, ses anciennes inquiétudes resurgirent. Oserait-il emprunter la route sauvage qui menait au royaume des ombres, d'où il ne reviendrait peut-être jamais ? Ou allait-il plutôt pousser le dragon vers l'entrée et courir sa chance dans le monde qui était le sien ? Cependant, il ne pourrait pas échapper aux lutins, même s'il parvenait à échapper aux hommes ; et il redoutait ce qui risquait de lui arriver s'ils le capturaient. Ravalant sa peur, il courut de l'autre côté de la pierre, où Ignatius Sorvo Coromandel et ses amis avaient disparu l'autre jour.

Zark le percuta et faillit le faire tomber.

– Pourquoi t'es-tu arrêté ? s'écria-t-il. Ils arrivent !

– Regarde !

Ben rapprocha la torche de la pierre afin que la flamme dansante éclaire les lettres gravées.

Le dragon regarda, puis il tourna les yeux vers lui.

– Et alors ?

Ben fit courir ses doigts sur l'inscription.

– Tu ne vois pas ce qui est écrit ? « Eidolon » !

Xarkanadûshak lui lança un regard de profond mépris.

– Crois-tu vraiment que les dragons ont le temps d'apprendre à lire ?

Ben aurait pu lui donner plusieurs raisons de le faire, car il aimait les livres et les histoires ; mais ce n'était pas le moment.

– Hé toi, gamin ! Attends un peu !

Ben releva vivement la tête.

C'était M. Dodds, qui avait réussi à dépasser les lutins et se trouvait à présent au bord de la clairière. Il avait le visage grimaçant de fureur.

– Où penses-tu aller avec ce dragon ?

Ben sentit son cœur battre à grands coups, mais il prit son courage à deux mains.

– Je le ramène à Eidolon ! dit-il d'un air de défi. Je le ramène chez lui !

– Il m'appartient ! J'ai les papiers qui le prouvent !

Il exhiba une liasse de documents.

Xarkanadûshak leva la tête en rugissant. Un jet de flammes rouges déchira la nuit, et une seconde plus tard, les papiers se mirent à voltiger dans la brise sous forme de minuscules cendres noires. M. Dodds poussa un juron en portant sa main brûlée à sa poitrine.

– Tu vas le regretter ! promit-il.

Ben eut l'impression que ses dents avaient poussé et qu'elles étaient encore plus pointues.

– Vous allez le regretter tous les deux !

– Vite, Zark, prends la route sauvage ! le pressa Ben.

Il tendit la main vers l'entrée. Elle disparut aussitôt de leur vue.

Le dragon cligna des paupières. Puis il recula de quelques pas.

– Mais je ne veux pas disparaître ! dit-il d'une voix hésitante.

– C'est le seul moyen de rentrer chez toi ! cria désespérément Ben. Je ne connais pas d'autre chemin pour que tu retournes à Eidolon !

L'horrible oncle Aleister et les lutins venaient de rejoindre M. Dodds. Le visage écarlate, l'oncle haletait comme un chien malade. Il avait une bosse sur la tête, et quelque chose qui ressemblait à des miettes de cheddar sur sa veste.

Il regarda Ben fixement et parut un instant effrayé. Puis il se ressaisit et beugla :

– Benjamin Arnold, va te coucher immédiatement ! Tu n'as rien à faire dans ce parc au milieu de la nuit !

M. Dodds se tourna vers lui.

– Benjamin Arnold ? Votre neveu ?

Son regard se posa sur Ben, puis de nouveau sur l'oncle Aleister.

– C'est *son* fils ?

– Oui, c'est le fils de Lisa.

M. Dodds fit la grimace. Ses dents brillèrent dans l'obscurité.

– J'aurais dû m'en douter, dit-il d'une voix sifflante. Mais surtout, Aleister, vous auriez pu me le dire.

Il fit une pause.

– C'est tellement plus simple d'avoir des ennemis que des alliés, continua-t-il. Au moins, avec eux, on sait toujours à quoi s'en tenir.

Il fixa de nouveau ses yeux sur Ben.

– Tu lui ressembles, dit-il d'un ton mécontent.

Ses yeux s'étrécirent.

– Mais, au fait, c'est bien toi qui m'as acheté ce foutu chat ? demanda-t-il soudain.

Ben hocha vaguement la tête.

– Sacré gamin ! Il fourre son nez partout, gronda Dodds. Quelle pagaille ! Il vaudrait mieux que nous parlions de cela une bonne fois pour toutes, Benjamin Arnold. Avant que la situation nous échappe.

Il fit un pas en avant.

Ben poussa le dragon.

– Va-t'en ! l'exhorta-t-il. Va-t'en !

L'un des deux lutins se mit à rire, découvrant une belle quantité de dents noires qui s'harmonisaient parfaitement avec ses longues griffes.

– Laissez-nous le manger ! dirent-ils à M. Dodds d'un ton suppliant. Un bon petit garçon tout frais !

– Oh non ! objecta M. Dodds. J'ai d'autres projets pour lui. Vous allez le capturer, mais vous ne lui sucerez pas le sang. Je sais comment vous devenez quand vous sucez du sang.

Il remonta ses manches et étendit des mains qui ressemblaient à des pattes griffues.

Ben cligna des paupières. *C'étaient* des pattes griffues.

– Prends la route sauvage, Xarkanadûshak ! hurla-t-il.

Le fait que Ben prononce son véritable nom obligea le dragon à lui obéir. Il lui adressa un regard accusateur avant de faire un pas timide sur la route sauvage. Une patte avant scintilla et devint invisible, suivie d'une partie de la tête. Puis Zark prit son élan sur ses pattes arrière et sauta. En un clin d'œil, il avait disparu.

Au moment où le bout de sa queue couverte d'écailles s'évanouissait derrière la Vieille Pierre, quelqu'un saisit Ben par le bras.

C'était un des lutins, dont les dangereuses petites dents apparaissaient derrière un sourire mauvais.

– Je te tiens !

Dans un réflexe provoqué par la panique, plus que par intention, Ben brandit la torche flambante vers son visage. Avec un cri, le lutin desserra son étreinte. Ben en profita pour jeter sa torche sur l'autre lutin avant de s'engouffrer dans l'entrée de la route sauvage.

Aussitôt, il eut l'impression d'être happé par un tourbillon et projeté en tous sens, minuscule souffle de vie aux prises avec un élément fondamental et terrifiant. Le monde défila dans une accumulation de couleurs, de formes floues, vacillements de lumière et d'ombre. Ben se demanda où il se trouvait.

Peut-être que seuls ceux qui appartenaient vraiment au pays secret étaient capables de survivre à cette transition, songea-t-il. Il était terrifié. Il allait mourir, et personne ne le saurait. Il pensa à sa mère, sur son lit d'hôpital, attachée par des tubes et des appareils, fermant ses paupières fines comme du papier, et il regretta amèrement sa décision. Cependant, tandis qu'il revoyait sa mère dans cette situation, il vit aussi ses yeux s'ouvrir tout grands.

– Oh Ben, murmura-t-elle. Sois courageux, et sois prudent. Accroche-toi !

Ce n'était qu'un rêve, un vœu, et pourtant, cela changeait tout. Ben serra les dents. Il s'accrocha.

Le tourbillon cessa.

Prenant une profonde inspiration, Ben regarda autour de lui. Il faisait nuit, et il se trouvait dans une forêt, près d'un menhir qui était exactement le même que celui par lequel il était passé pour entrer sur la route sauvage. Cependant, tout semblait différent. Il n'aurait su expliquer pourquoi, mais il se sentait plus vivant. Sa peau picotait, comme s'il avait reçu une petite décharge électrique. Était-ce cela, la magie ? se demanda-t-il. Ou avait-il peur, tout simplement ? Il se retourna et scruta l'obscurité. Où était passé le dragon ? Il n'y avait pas le moindre signe de Zark. Bien que la clarté de la lune fût très faible, il voyait remarquablement bien. Mais seulement d'un œil. S'il fermait l'œil droit, le monde devenait tamisé, obscur. Cependant, s'il fermait l'œil gauche et regardait avec le droit, il avait une vision très acérée.

Comme c'était étrange.

Ben n'eut pas le temps de réfléchir longtemps à cette bizarrerie, car il entendit un grand vacarme, puis la voix de M. Dodds. Étrangement amplifiée, elle résonnait comme l'aboiement d'un chien de meute.

– Benjamin Arnold ! Viens ici !

Ben pensa d'abord : « Il doit plaisanter ! » Puis il se dit que M. Dodds voulait lui faire faire ce qu'il voulait en l'appelant par son nom complet. Et finalement, il se souvint que, Dieu merci, il ne le connaissait pas.

Mais il était avec son oncle. Les doigts glacés de la peur serrèrent le cœur de Ben. L'horrible oncle Aleister connaissait-il son deuxième prénom ? Comme il l'appelait toujours Benny, et jamais Ben, ni Benjamin, il y avait peu de chances. Cependant, Ben ne pouvait pas s'en remettre à la chance. Baissant la tête et se servant de son bon œil pour se frayer un chemin dans l'enchevêtrement de branches et de ronces, il se mit à courir.

Il leva un regard hésitant et scruta l'obscurité mystérieuse, guettant les formes noires et abstraites d'un possible prédateur, prêt à fuir pour sauver sa vie. Il avait des picotements sur la peau, et *sentait* que quelqu'un le regardait, comme si la magie qui habitait ce lieu le rendait plus réceptif que d'habitude à son entourage. Il voyait des branches, des feuilles ; le ciel, la lune ; encore des branches... Et soudain, une paire d'yeux !

Ben crut que son cœur allait s'arrêter de battre, mais il repartit vite à un rythme effréné. Des yeux l'observaient ; de grands yeux couleur d'ambre, qui n'étaient pas ceux d'une chouette.

Épouvanté, il risqua un bref coup d'œil par-dessus son épaule ; peut-être y avait-il un chemin plus sûr, de l'autre côté du taillis, pour traverser ce lieu étrange et effrayant ? Mais tout à coup, un arc-en-ciel diffracté jaillit de l'arbre qui était dans son dos et, l'espace d'une seconde, Ben vit très distinctement quatre silhouettes se découper contre cette lueur d'un autre monde. Les deux premières étaient celles des lutins ; il ne réussit pas à distinguer la troisième, mais la quatrième était si terrifiante qu'il en oublia de se retourner pour voir où il allait. Il trébucha et s'affala de tout son long, heurtant le sol si fort qu'il ne put retenir un cri.

Juste avant qu'un arbre ne s'empare de lui.

13

PRISONNIER

Ben se débattit, mais l'arbre le retint plus fermement encore. Si les arbres eux-mêmes se liguaient avec M. Dodds, quelle chance lui restait-il ? songea Ben, désespéré.

Comme en réponse à la panique qui montait en lui, une branche vint s'enrouler autour de son cou pendant que d'autres, plus petites, se posaient sur sa bouche, telle une main, pour l'empêcher de parler. En même temps, quelques branchettes s'entortillèrent autour de ses chevilles et de ses genoux, finissant de l'immobiliser.

Tout ce qu'il pouvait faire, c'était regarder, les yeux écarquillés, tandis que ses poursuivants traversaient la forêt à sa recherche. Les lutins couraient en tête, leurs yeux luisant dans la pénombre. Ils avaient exactement la même apparence qu'avant, mais les deux personnages qui les suivaient ne ressemblaient pas du tout à l'horrible oncle Aleister et à M. Dodds. Le plus petit était chauve et voûté, avec un visage parcheminé, des dents et des ongles affreusement longs. Si son oncle avait trois cents ans, voilà à quoi il ressemblerait, pensa Ben. Cependant, cette personne se déplaçait avec une vigueur surprenante. Mais elle avait une bosse au même endroit que son oncle, et en plissant les yeux, Ben aurait certainement vu des miettes de cheddar sur son épaule. Devant elle marchait la silhouette qui l'avait tellement effrayé qu'il en était tombé dans les griffes de l'arbre qui le retenait. Ce n'était plus M. Dodds, dans ce monde, mais certainement Dodman lui-même.

Il mesurait au moins deux mètres cinquante, et marchait à grands pas dans le sous-bois tout en jetant des coups d'œil à droite et à gauche. Il avait le corps d'un homme, mais sa tête était celle d'un grand chien noir, tel le dieu égyptien que Ben avait vu dans un livre. Et comme l'animal qu'il avait vu dans son cauchemar.

Sous le choc, Ben se mit à trembler en voyant son oncle et M. Dodds sous leur forme eidolonienne. C'était très angoissant, car leur apparence semblait être le reflet de leur nature profonde. Ben sentait l'arbre lui serrer les côtes, l'empêchant presque de respirer.

Tout en marchant, l'homme à tête de chien reniflait, la bouche ouverte, comme s'il testait l'air. La lune brillait sur ses deux rangées de dents, qui paraissaient aussi tranchantes que des lames de rasoir.

Des feuilles s'enroulèrent autour du visage de Ben, tandis que ses jambes s'enfonçaient dans l'écorce. C'était difficile de décider ce qui était le pire : être dévoré vivant par un arbre, ou être capturé par la créature que le dragon avait nommée Dodman, et par le vieil homme cauchemardesque qui avait été son oncle. Ben ferma les yeux.

– Je sens ton odeur, Benjamin Arnold !

Dodman regarda dans sa direction en souriant.

– Rien ne peut te sauver, Ben, dans mon monde à moi !

Il regarda autour de lui. La lune jetait une lueur argentée sur ses gros yeux noirs de chien, ce qui les faisait ressembler à des billes luisantes. Son regard se posa sur un point, à droite de Ben, et ses oreilles remuèrent une fois, deux fois, comme s'il écoutait quelque chose qu'une oreille ordinaire n'aurait pu percevoir. Puis il marcha tout droit vers l'arbre qui emprisonnait Ben. Celui-ci sentit son haleine chaude à travers le voile formé par les feuilles.

– Libère-le ! ordonna Dodman.

L'arbre tressaillit, comme s'il était violemment secoué par un grand vent, mais il ne desserra pas son étreinte. Et maintenant que Dodman était si près, le dominant de toute sa hauteur, Ben pensa qu'il préférait être absorbé par l'arbre que se retrouver entre les griffes de ce monstre.

Dodman donna un grand coup de pied botté dans l'arbre, qui se mit à gémir comme n'importe quel être vivant gémirait sous les coups d'une brute.

– Lâche-le !

– Non !

Ben se tendit. La voix, légère et douce, féminine et

très déterminée, semblait l'entourer, comme si l'arbre lui-même avait parlé. Ce qui était impossible, songea-t-il.

– Si tu ne le lâches pas, il va t'arriver malheur, dryade !

Dryade ? répéta mentalement Ben, éberlué. C'était un mot qu'il se rappelait avoir lu dans son livre de mythologie.

– Laisse-le tranquille, dit la voix de l'arbre. Je lui offre la protection de ces bois, et si tu ne pars pas, c'est à *toi* qu'il va arriver malheur.

– Tu ne connais pas ce garçon, et tu ignores ce qu'il a fait, alors pourquoi risquerais-tu ton bien-être pour lui ? C'est un voleur et un renégat, gronda Dodman, et *tu* vas me le rendre.

– Les elfes et les nymphes sylvestres ont un lien de parenté ; si ce jeune elfe est poursuivi par quelqu'un comme toi, je sais lequel de nous deux a le plus de chances d'avoir raison, rétorqua la dryade d'un air de défi.

Les événements prenaient une tournure vraiment très bizarre. Des arbres capables de parler, c'était déjà quelque chose, mais des nymphes sylvestres et des elfes... De quoi la dryade parlait-elle ?

– Ce garçon n'est qu'un demi-elfe, ce qui diminue considérablement les liens existant entre vous, dit Dodman d'une voix mielleuse. Il s'est mêlé de ce qui ne le regardait pas. Maintenant, si tu ne veux pas me le donner de bon gré, je vais te faire une démonstration de force !

Il se tourna vers le vieillard.

– Aleister, c'est le moment d'allumer un petit feu. Tu as ce qu'il faut ?

Ben sentit l'arbre trembler de terreur.

Serrant une boîte dans sa main noueuse, l'horrible vieillard s'avança au pied de l'arbre et essaya de gratter une allumette. Dans le monde de Ben, l'oncle Aleister arrivait à allumer un cigare même s'il se trouvait en plein vent ; mais dans ce royaume des ombres, il était gêné par ses ongles longs, horribles. Après une première tentative, il laissa tomber l'allumette. Il réussit à allumer la seconde, mais il faillit mettre le feu à sa tunique. Dodman l'observait sans se démonter.

– Donne-les aux lutins, ordonna-t-il d'une voix sifflante.

Mais les lutins secouèrent la tête en reculant.

Il arracha la boîte des vieilles mains de l'horrible oncle Aleister. Cependant, ses propres doigts étaient pourvus de griffes noires et dures, comme celles d'un chien. Ils n'étaient pas assez habiles pour ce genre d'exercice.

Les yeux de Dodman eurent une lueur frustrée, et Ben pensa qu'après avoir ainsi perdu la face, il allait renoncer et s'en aller. Mais c'était un espoir fou. Quelques secondes plus tard, Dodman rejeta en arrière sa tête de chien et se mit à rugir vers le ciel :

– Xarkanadûshak !

Le cœur de Ben flancha, avant de tomber comme une pierre glacée au fond de son estomac.

De l'autre côté de la clairière, une forme noire s'élança vers le ciel et battit lentement des ailes. Elle semblait se demander si elle allait répondre à cet appel. Puis elle tournoya et plongea dans la voûte sombre formée par les arbres de la forêt. Quelques instants plus tard, il y eut un chuintement, suivi d'un bruissement dans le sous-bois, et le dragon émergea entre les arbres. Il avait l'air perplexe et honteux, et quand Dodman se tourna vers lui, il frissonna.

– Tu m'as appelé, dit-il d'une voix morne.

– Oui !

Le gros museau noir de Dodman se plissa de dégoût, et peut-être d'une certaine hilarité.

– J'ai du travail pour toi. Je veux que tu fasses brûler cet arbre.

Zark releva la tête à contrecœur et observa le frêne. Ses yeux s'étrécirent, puis ils se mirent à briller.

– Je ne peux pas faire brûler une dryade ! dit-il. C'est une créature sacrée !

– Si tu n'obéis pas, je vais faire de toi mon esclave jusqu'à la fin de tes jours. Et j'ai entendu dire que les dragons vivent longtemps...

Xarkanadûshak baissa la tête.

L'étreinte de l'arbre se relâcha très légèrement quand la dryade prit conscience des implications de cette menace. Profitant de l'occasion, Ben sortit le menton des branches et cria :

– Non !

Les autres le regardèrent.

Pendant un instant, il eut l'impression d'être deux personnes dans une seule peau : un petit garçon effrayé perdu dans un monde qu'il ne comprenait pas, et menacé par des créatures qui dépassaient son imagination ; et en même temps, un fier habitant d'Eidolon tremblant de colère, dont l'origine lui donnait le droit de parcourir librement et sans peur le royaume des ombres.

– Libère-moi, dryade, finit-il par ordonner. Je ne peux pas accepter qu'ils te fassent du mal pour sauver ma peau ; et je ne peux pas non plus laisser mon ami Zark être réduit en esclavage. C'est moi qui ai bêtement dit son vrai nom devant Dodman.

– Mais il va te faire du mal, dit-elle d'une voix douce, si douce qu'elle ressemblait au bruissement des feuilles dans la brise. C'est Dodman, et son compagnon est le Vieux Monstre ; ils détestent ce qui est magique, et ils font tout ce qu'ils peuvent pour anéantir le monde.

– Ça ne fait rien, dit Ben en essayant d'avoir l'air courageux malgré ses genoux flageolants. On ne répare pas une injustice par une autre !

C'était ce que sa mère disait souvent.

– Merci, dryade, d'avoir voulu me sauver, mais je ne veux mettre personne en danger. S'il te plaît, lâche-moi.

– Aahhh..., soupira la dryade.

Très lentement, l'arbre libéra Ben. Les feuilles et l'écorce se désenroulèrent de ses jambes, les branches s'arrachèrent à ses bras et à son torse. Bientôt, il se retrouva sur ses deux pieds, debout sur le sol de la forêt. Bien qu'il sentît sur lui le regard insistant de Dodman, Ben ne put résister à l'envie de se retourner pour voir à quoi ressemblait une dryade.

Au début, il ne vit qu'un frêne, identique à celui qui se dressait en bordure d'Aldstane Park. Puis il ferma l'œil gauche et focalisa le droit. Il put aussitôt discerner une forme mystérieuse dans le tronc creux et noueux. Comme pour répondre à l'intérêt qu'il manifestait, la dryade bougea. À l'intérieur de l'arbre, Ben vit la silhouette d'une femme mince à la peau brune. Ses yeux étaient du même vert brillant que les bourgeons des feuilles. Des larmes les humectaient comme de la rosée. Elle soupira.

– J'ai d'abord cru que tu étais l'un de mes elfes ; mais en te retenant, j'ai compris que tu étais plus que cela. Quand Dodman t'a traité de demi-elfe, je me suis rendu compte de mon erreur. Et voilà que je te laisse tomber entre les mains de notre ennemi. Ta mère ne me le pardonnera jamais.

Ben fronça les sourcils.

– Ma mère ?

Il y eut un grand éclat de rire dans son dos.

– Apparemment, ce garçon ne sait rien ! Comme c'esttt amusant !

Ben fit volte-face. Comme il s'en doutait, c'était le Sphinx, toujours aussi maigre, qui s'était faufilé entre les jambes de Dodman. Au moment où Ben avait échappé avec Zark à l'horrible oncle Aleister, il avait bien senti qu'ils étaient observés. Dans le royaume des ombres aussi, il avait senti un regard qui venait du haut des arbres pendant qu'il courait dans la forêt. Le petit espion...

Une lueur amusée brilla dans les yeux du Sphinx.

– Tttu vois ? dit le chat sans fourrure à son maître. Ce n'est qu'un garçon stttupide, malgré ses yeux et le souci qu'il nous a causé.

– Tu avais pourtant dit qu'il savait tout sur le royaume des ombres. Et qu'il avait parlé avec ce chat infernal.

– Le Vagabond ? Le Vagabond esttt un idiot. Il n'a même pas reconnu sa propre reine, même quand il étttait dans la maison de ce garçon !

– Mais... le Vagabond n'est jamais venu chez moi, objecta lentement Ben en essayant de reconstituer le puzzle.

Le cœur battant, il se tourna de nouveau vers la dryade.

– Qui est ma mère ?

« Et qui suis-je ? » se demanda-t-il silencieusement.

– Ta mère est la reine Isadora, répondit la dryade. Il y a longtemps, alors qu'elle n'était encore qu'une petite fille, elle dansait dans ces bois. Ils étaient différents à cette époque, avec des clairières ensoleillées et des mares qui n'étaient pas glauques et tristes comme elles le sont aujourd'hui, mais emplies de nymphes. À force de danser, elle a créé une route sauvage, et sans savoir comment, elle s'est retrouvée dans un monde complètement différent, et dépourvu de magie. Du moins, sans la magie qu'elle connaissait à Eidolon. Cependant, par un drôle de coup du hasard, ou du destin, une autre espèce de magie l'a ensorcelée, car elle a rencontré un habitant de l'autre monde, et ils sont tombés amoureux l'un de l'autre...

– Ah, quelle charmante histoire !

C'était le vieillard qui venait de parler, mais son visage grimaçant contredisait ses paroles.

— Ma stupide sœur, tomber amoureuse de cet humain, ce bon à rien, ce Clive Arnold !

Ben resta bouche bée. Clive Arnold était le nom de son père. Ben avait l'esprit de plus en plus confus. Comment sa mère pouvait-elle être une reine ? Et lui, comment pouvait-il être un elfe ou même un demi-elfe ? Quant à cette histoire de créer une route sauvage en dansant... D'un côté, il se sentait perdu, perplexe, mais d'un autre, il acceptait ces étranges révélations. Grâce à elles, il commençait à voir plus distinctement les deux parties dont il était composé.

– Elle aurait dû être à moi !

Maintenant, c'était Dodman qui parlait, avec beaucoup d'amertume. Une lueur rouge vacilla dans ses yeux comme une petite flamme.

– Elle est en train de s'affaiblir dans l'autre monde ; mais elle sera à moi quand elle n'aura plus assez de forces pour me résister !

La dryade lui jeta un regard de dégoût.

– Tu peux voler la magie d'Eidolon et la disperser

par les routes sauvages, et détruire l'équilibre fragile qui existe entre les deux mondes. Tu peux conduire Isadora au seuil de la mort par ton commerce cruel, mais elle ne t'aimera jamais !

Dodman la regarda en plissant les yeux.

– De l'amour ? Qui parle d'amour ? L'amour, c'est pour les faibles et les imbéciles. Je n'ai pas besoin qu'elle m'aime pour la prendre et m'attribuer sa magie. Je deviendrai le seigneur d'Eidolon !

La dryade se mit à rire, mais c'était un rire sans gaieté.

– Elle est plus forte que tu ne crois, Dodman ; et l'amour est pareil. L'amour et ses conséquences finiront par te vaincre. Quand Isadora a quitté notre monde et qu'elle est tombée amoureuse de l'humain Clive Arnold, elle est restée là-bas pour avoir ses enfants, et par cet acte, elle a commencé à réaliser une ancienne prophétie.

Elle tourna ses yeux verts et lumineux vers Ben.

– Ben Arnold, prince d'Eidolon, sois courageux. J'aurais aimé pouvoir te sauver, mais j'ai échoué. Même si ta mère peut me pardonner, je ne crois pas pouvoir me pardonner à moi-même.

Enfouissant son visage entre ses mains, elle se mit à pleurer.

14

LE CHÂTEAU DE LA MEUTE GABRIEL

Les lutins s'approchèrent de Ben, portant chacun une liane à la main.

– Attachons-lui les mains !

– Et les pieds !

– Bande de crétins ! cria Dodman. Si vous lui liez les pieds, comment fera-t-il pour marcher ?

Les lutins se regardèrent.

– Idiot !

– Abruti !

– Tête de linotte !

– Cervelle de crapaud !

Serrant les mâchoires, Ben les observait. Ils avaient un nez pointu et de petits yeux rouges et cruels qui luisaient dans les ténèbres. Se trouvait-il dans la forêt de Darkmere, et ces lutins étaient-ils ceux dont Iggy lui avait dit de se méfier ? Ceux que le chat n'aurait pas aimé rencontrer la nuit au coin d'un bois ? Il faisait très noir, et Ben aurait vraiment préféré ne pas tomber sur eux. À quelle vitesse pourrait-il courir, et jusqu'où, s'ils essayaient de le rattraper ? se demanda-t-il. À l'école, il arrivait toujours après son ami Adam quand ils couraient le cent mètres. Mais il était capable de le battre si la course faisait plus de deux cents mètres. Évidemment, c'était sur terrain plat, à la lumière du jour. Et dans un autre monde.

– N'essaie pas de t'enfuir, Ben Arnold, conseilla d'un ton hargneux la créature qui avait été l'oncle Aleister, mais que la dryade avait nommée le Vieux Monstre.

Ce nom lui allait très bien, reconnut Ben. Le vieillard avait la peau jaunâtre et le dos courbé, une grosse tête chauve, des ongles et des dents horribles.

– Les lutins courent beaucoup plus vite que les garçons, continua-t-il, et aussi vite qu'un elfe ; et comme tu n'es qu'une moitié de chaque, je ne crois pas qu'il te reste de grandes chances contre eux.

– De plus, renchérit Dodman en adressant à Ben un sourire féroce, si tu tentes de t'échapper, je ne manquerai pas de faire souffrir ton ami qui est ici.

Il lança au dragon un regard si mauvais que Zark se mit à trembler de peur.

Lentement, Ben tendit ses mains vers les lutins. Il ne voyait pas ce qu'il aurait pu faire d'autre. Les lutins nouèrent les lianes avec dextérité. Apparemment, ils avaient l'habitude d'attacher des prisonniers.

Si tout cela était vrai, si ce n'était pas un conte de fées, songea Ben, le fait d'être un elfe, et même un prince dans le royaume des ombres, ne semblait pas lui donner des pouvoirs ou des privilèges particuliers. Il suivit Dodman et le pauvre Zark en traînant les pieds.

Il sentait sur ses talons la présence de son oncle métamorphosé, et des deux lutins.

Il voulut parler au dragon, lui poser des questions sur le pays secret ; mais dès qu'il prononça son nom à voix basse, l'homme à tête de chien se retourna et lui décocha un coup d'œil furibond. Zark regarda Ben d'un air implorant en secouant très légèrement la tête. Visiblement, Dodman l'avait complètement démoralisé.

Ben se sentait très seul. Il avait peur aussi, parce qu'il était prisonnier du terrifiant Dodman, et parce qu'il se trouvait dans le royaume des ombres, un monde qu'il ne comprenait pas. Si je pouvais considérer ces événements comme une aventure plutôt qu'une épreuve, pensa-t-il, si je me voyais comme un personnage de roman, j'aurais peut-être plus de facilités pour les affronter.

Résolu à ne pas s'apitoyer sur lui-même, il observa son environnement, essayant de repérer les différences entre ce monde et le sien.

À première vue, et en n'y prêtant pas une grande attention, le royaume des ombres ne paraissait pas tellement étranger au sien. Ben se rendit compte que s'il le regardait de l'œil gauche, il devenait un peu flou. Apparemment, il fallait porter des lunettes pour le voir distinctement. Mais il pouvait le décrire comme il aurait décrit son propre monde : il y avait des arbres, des oiseaux et des fleurs, des jeux d'ombre et de lumière quand le soleil s'élevait au-dessus des collines.

Cependant, en regardant la même scène de l'œil droit, Ben faillit pousser un cri. Car maintenant, le paysage avait une apparence beaucoup plus nette, et plutôt inquiétante. Tout d'abord, ce qu'il avait pris pour des rapaces planant très haut parmi les petits nuages offrait une fâcheuse ressemblance avec des ptérodactyles, ou oiseaux-dinosaures. Dans son monde à lui, on croyait que cette espèce avait disparu depuis des millions d'années. Les arbres avaient un visage. L'un d'eux lui adressa un clin d'œil quand il passa devant lui, tandis qu'un autre agitait ses mains branchues en poussant un rugissement silencieux. Certaines fleurs étaient vraiment des fleurs, bien que de formes et de couleurs bizarres. Mais d'autres allongeaient une espèce de langue et des tentacules, comme si elles cherchaient quelque chose de bon à manger. Et les ombres dansantes qui rampaient au pied des arbres étaient habitées par toutes sortes de créatures.

Ben vit un groupe de gnomes réuni au milieu d'un gros champignon moucheté et vénéneux. Ils n'avaient pas le même air bienveillant que les nains de jardin qui se trouvaient devant certaines maisons, à Bixbury, avec leur bonnet orné de joyeuses clochettes, leur pantalon de couleur vive et leur canne à pêche. Non, ceux-ci ne portaient pas de vrais vêtements mais de longues chemises en herbe tissée, et les yeux qu'ils posèrent sur Ben étaient noirs et scintillants comme de l'anthracite.

En fait, de nombreuses créatures – cachées dans les branches, dans des fougères géantes, ou dans l'ouverture de terriers – suivaient des yeux cette étrange procession composée d'un petit garçon à moitié elfe, traîné par deux lutins de la forêt de Darkmere, et de Dodman, d'un dragon et du Vieux Monstre. À la vue de l'homme à tête de chien, beaucoup de ces créatures rentrèrent vite se mettre à l'abri ou s'envolèrent, pour celles qui le pouvaient, et continuèrent d'observer de plus loin. Depuis plusieurs mois, elles voyaient régulièrement d'autres habitants sortir du royaume des ombres, alors que personne n'y entrait. Une seule d'entre elles, dont la haute silhouette se terminait par les ramures d'un grand cerf, les regarda d'un air audacieux, sans cacher son visage.

Ben la fixa des yeux, et sentit un petit frisson lui parcourir le dos. C'était comme si, en la regardant, il avait remué un souvenir ancré tout au fond de lui, si profondément qu'il n'arrivait pas à le réveiller tout à fait. Sans aucun doute, il l'avait déjà vue. Il était sur le point de demander à Zark qui pouvait bien être cet homme à ramures de cerf, quand celui-ci quitta la couverture des arbres. Les rayons du soleil tombèrent sur lui en petites taches de lumière. Ben vit qu'il n'était vêtu que de feuilles de chêne, et que sa peau avait une teinte verdâtre.

– Ceci est mon territoire ! s'écria-t-il en s'adressant sans peur à l'homme à tête de chien. Et vous savez très bien que vous n'êtes pas le bienvenu sur mon domaine, que vous soyez seul ou accompagné. J'ai entendu dire que vous aviez enlevé certaines créatures d'Eidolon pour les emmener loin de notre monde. Est-ce la vérité ?

Il fit une pause, attendant vraisemblablement une réponse à cette accusation. Mais l'homme à tête de chien détourna les yeux.

– Ce doit être vrai, je le sais, continua l'homme aux
ramures, car j'ai senti que l'équilibre de la nature s'était
modifié et j'ai constaté les conséquences de ces vols.

Il ouvrit largement les bras.

– Mes bois ne sont plus aussi beaux qu'avant, et mes
créatures sont effrayées. Elles se cachent des étrangers,
alors qu'elles avaient autrefois l'habitude d'aller et venir
librement et sans crainte, comme tous les habitants
d'Eidolon en ont le droit. Je m'occupe de mon peuple
du mieux que je peux et malgré cela, deux licornes et
plusieurs farfadets ont disparu. Les lutins n'ont jamais
connu d'autre loi que la leur. Mais cela me chagrine de
voir que deux d'entre eux sont tombés sous votre
coupe. Il paraît que dans le reste du monde, tout va
encore plus mal, et cependant, la reine n'est pas revenue pour mettre fin à ces calamités. Qu'avez-vous fait
d'elle, Dodman ?

Maintenant, l'homme à tête de chien souriait. Ses
dents étincelaient dans la lumière du soleil.

– Qui, moi ? Je ne l'ai pas, répondit-il en prenant un
air indigné. Ne me rends pas responsable de son
absence, homme aux ramures.

Celui-ci le fixa si longuement que Dodman finit par
baisser les yeux. Ben sentit la colère émaner du corps de
M. Dodds comme la chaleur d'un radiateur. Mais il sentit aussi autre chose. N'était-ce pas de la peur ?

L'homme vert tourna son attention vers la créature
qui était, dans l'autre monde, l'oncle de Ben.

– Et toi, Vieux Monstre ! dit-il d'un ton plein de

défi. Tu es le frère de la reine. Tu dois savoir où elle se trouve, et pourquoi elle n'est pas revenue vers nous ?

Mais le terrifiant Vieux Monstre se contenta de lui montrer ses horribles dents visqueuses. Il se mit à rire.

– Isadora a choisi de s'en aller. Elle ne reviendra jamais ! cria-t-il triomphalement.

– Non !

Ben s'étonna lui-même en poussant ce cri. Tout le monde le regarda. Il allait révéler à l'homme aux ramures où se trouvait sa mère, quand Dodman s'approcha et l'attira contre lui, étouffant ses paroles dans son étreinte brûlante et malodorante.

– Ah ! Ne fais pas attention à ce que raconte ce gamin ! dit-il d'un ton féroce. Il est simple d'esprit, complètement écervelé. Il ne sait dire que des absurdités, on ne sait jamais quelle va être sa prochaine bêtise !

– Où l'emmènes-tu, et pourquoi l'as-tu attaché ? demanda l'homme aux ramures.

Dodman se mit en colère. Il poussa un long grondement.

– Retourne avec les tiens, homme aux ramures, et n'essaie pas de me défier. Ce garçon est un voleur, il doit être puni : il n'a rien à faire avec toi.

L'homme vert plissa les yeux.

– Je trouve qu'il ressemble à la reine.

Mais, sans ajouter un mot, Dodman poussa Ben devant lui et ils se remirent en route.

Tandis qu'ils s'éloignaient, Ben sentit le regard de l'homme aux ramures sur sa nuque. Pendant un bref instant, il eut l'idée d'échapper à la poigne de Dodman et d'aller se réfugier auprès de lui ; mais il se souvint que l'homme à tête de chien retenait Zark prisonnier et qu'il n'hésiterait pas à ravager toute la forêt pour lui remettre la main dessus. C'est pourquoi, la tête remplie de pensées perturbantes, il avança péniblement, laissant derrière lui les seuls alliés qu'il semblait avoir dans ce monde.

Ils marchèrent sous les arbres pendant ce qui lui parut de très longues heures. Quand ils arrivèrent enfin à l'orée de la forêt, Ben retint son souffle.

Les arbres laissaient place à de vertes collines ondoyantes, remplacées parfois par une lande aux teintes pourpres, baignée de brume. Très loin, une rangée de montagnes majestueuses s'élevait vers les nuages. Ben n'avait jamais vu un paysage aussi beau. Les couleurs étaient plus vives que dans son propre monde, et le chant des oiseaux beaucoup plus puissant.

Il regarda deux alouettes qui volaient très haut, virevoltaient et plongeaient en poussant des trilles. Leur chant aigu était magnifique. Cependant, en fermant l'œil gauche pour focaliser son regard sur elles, Ben se rendit compte que ce n'étaient pas des alouettes mais des farfadets, ou des fées. Il sourit en les voyant se poursuivre. Elles allaient en tous sens, comme des martinets. C'était rassurant de voir que certains êtres passaient du bon temps, à Eidolon.

Souriant toujours, il risqua un coup d'œil vers Zark ; le dragon laissait pendre sa tête dans une attitude de profonde affliction.

Les farfadets s'approchèrent d'eux à tire-d'aile. Mais ils s'approchèrent trop près. D'un brusque saut assorti d'une torsion, qui le souleva à plus d'un mètre au-dessus du sol, l'homme à tête de chien en saisit un et le serra dans sa poigne. Le farfadet se tortilla et se mit à battre des jambes et des ailes, mais c'était inutile entre ces doigts griffus. Pendant un instant, Dodman examina la minuscule créature d'un regard glacial. Puis il se mit à ricaner en reportant les yeux sur Ben et, sans cesser de le fixer, écrasa le farfadet dans sa patte avant de le jeter par terre. La créature resta là sans bouger, ses adorables ailes cassées, anéanties.

Épouvanté, Ben se laissa tomber à genoux près de la fée et la prit dans ses mains liées. Mais elle avait les yeux fermés, et sa poitrine ne se soulevait plus. Ben leva vers l'homme à tête de chien des yeux remplis de larmes.

— Vous l'avez tuée ! hurla-t-il.

Le sourire de Dodman s'élargit.

— Ce n'est pas une grosse perte. Elles ne valent pas grand-chose dans ton monde, et elles meurent si vite.

Ben regarda la fée et se souvint de Baguette, qu'il avait tenu dans ses mains de la même façon. Au-dessus de sa tête, le second farfadet s'approcha aussi près qu'il l'osa, avec des mouvements saccadés dus au choc et à la détresse. Il finit par rassembler son courage et descendit en piqué récupérer son compagnon mort. Produisant un immense effort pour battre des ailes, il réussit à prendre le corps du farfadet entre les mains de Ben et s'envola. Ben regarda la minuscule silhouette diminuer tandis qu'elle s'élevait dans le ciel très bleu, puis il se remit sur ses pieds et essuya ses larmes du dos de la main. Il n'était pas question que Dodman les voie. Ils se remirent en marche. Ben garda les yeux rivés sur le large dos noir de l'homme à tête de chien. Il le haïssait.

– Voilà un autre habitant du pays secret qui vient de mourir, et la quantité totale d'énergie a encore diminué, dit Zark à voix basse. C'est de cette façon que le monde va s'éteindre, Ben, à cause de cette cruauté insouciante. Si un prince et un dragon n'ont pas le courage d'empêcher le meurtre d'une petite fée, quelle chance reste-t-il à Eidolon ?

Il voulait en dire plus, mais Dodman lui donna un coup de pied dans une patte.

– Arrête de gémir, dragon, gronda-t-il. Ton précieux pays peut encore supporter quelques dommages supplémentaires.

Ils poursuivirent leur marche. À chaque pas, Ben sentait son cœur chavirer un peu plus. Il était toujours aussi émerveillé par la beauté du pays secret, mais il s'était rendu compte que tout paraissait normal uniquement quand il regardait avec les deux yeux ; s'il ne se servait que de son œil droit, il y avait toujours quelque chose qui n'allait pas, semblait-il, mais cela apparaissait de façon subtile. L'herbe sur laquelle ils marchaient était flétrie, brunâtre et sèche. Les feuilles de certains taillis étaient atteintes de mildiou ; dans une haie, des boutons d'églantier pourrissaient sur leur tige. Des insectes bourdonnaient avec indolence, des odeurs âcres s'élevaient de mares saumâtres. Des champignons poussaient à l'ombre. Ce n'étaient pas les beaux bolets que sa mère lui avait montrés dans les bois, ni les champignons rosés au chapeau blanc, tout frais, qu'ils avaient ramassés dans un pré, mais des champignons vénéneux aux formes grêles, au chapeau gluant, d'horribles langues-de-bœuf, ou encore des spécimens couverts de spores ondulantes et de taches d'apparence nocive.

Ils longèrent une rivière dont l'eau était si claire que Ben voyait chaque pierre et chaque galet qui couvraient son lit. Mais il voyait aussi les poissons morts qui filaient dans le courant, leur ventre blanc tourné vers le ciel. Sur un monticule, près d'une mare, une jeune fille était assise, le dos voûté. De ses longs doigts blancs, elle se démêlait les cheveux.

Quand ils passèrent, elle tourna la tête vers eux. Ben remarqua alors que ce n'était pas du tout une jeune fille, mais une vieille femme ratatinée, aux yeux blancs et vitreux comme ceux des truites une fois qu'elles ont été passées à la poêle. Alors qu'ils approchaient, elle se glissa dans l'eau et, un bref instant, Ben crut lui voir une queue de poisson à la place des jambes ; mais il n'eut pas le temps de regarder de plus près car elle disparut entre les roseaux et les joncs.

Ils finirent par arriver au bord d'un grand lac. Les nuages s'étaient rassemblés, formant un rideau qui voilait la lumière. La surface de l'eau paraissait terne et lisse, et, d'une certaine façon, rouillée comme le vieux plateau d'étain qui était chez Ben, celui qui avait appartenu à sa grand-mère paternelle.

Sur l'autre rive du lac se dressait un château fort construit en grosses pierres blanches. À chacune de ses quatre tours flottait un élégant drapeau. Ben aimait les châteaux forts. Il avait lu plusieurs livres qui en parlaient, et il en avait visité quelques-uns avec son père : Warwick Castle, Carew Castle, la White Tower de Londres, les ruines de Restormel en Cornouailles, Carnarvon, Harlech, et Stirling. Mais celui-ci ne ressemblait à aucun d'eux. Pourtant, il ressemblait aussi à tous ces châteaux à la fois. Il avait des contours un peu flous, comme s'il passait sans arrêt d'un monde à l'autre.

Ben ferma l'œil gauche et demeura pétrifié.

De son œil droit – qu'il commençait à considérer comme son œil eidolonien –, ce château n'avait pas du tout l'apparence d'un lieu agréable. Il était massif et sinistre, noirci de lichen et de taches. Quant aux drapeaux que Ben avait cru voir à chaque tour, ce n'étaient rien que des nuages déchiquetés. Ben frissonna. Ce lieu était sombre et menaçant.

Quand ils eurent atteint la rive, Dodman leva la tête et poussa un hurlement. Son cri lugubre résonna au-dessus du lac comme l'appel d'une meute de loups. Quelques secondes plus tard, il fut repris derrière les murs du château, puis le ciel se mit à onduler au-dessus de l'édifice.

Zark s'arrêta net. Il tremblait de tous ses membres.

– Qu'est-ce que c'est ? chuchota Ben.

Mais le dragon ne prononça pas un mot.

De son œil eidolonien, Ben observa minutieusement. Quelque chose se matérialisait dans l'air, au-dessus des tours. Fermant l'œil à demi, il essaya de voir de quoi il s'agissait. Cependant l'image était si étrange qu'elle n'avait aucun sens pour lui. Pendant un instant, il eut l'impression qu'une meute de chiens-fantômes avait sauté par-dessus les remparts en tirant derrière elle une espèce de chariot. Dans un éclat de lumière, elle semblait traverser le pan de ciel qui s'étendait entre le château et la rive.

Comme l'apparition se rapprochait, Ben comprit qu'il avait bien vu. Avec une fascination mêlée de peur, il les regarda arriver.

– Des chiens-fantômes ! dit-il dans un souffle.

Dodman se mit à rire.

– Petit ignorant ! C'est la meute Gabriel, les pires chiens de la meute sauvage. Ils ne répondent qu'à ma voix. C'est la première fois qu'ils sont harnachés. Je suis leur maître.

Cependant, Ben doutait que ces chiens-fantômes aiment leur maître car ils se mirent à gronder en posant sur Dodman un regard fou, et quand l'homme à tête de chien monta dans le chariot, le poil de leur dos se hérissa et leur queue disparut entre leurs pattes hirsutes.

Quand ce fut au tour de Zark de monter, il recula, les naseaux palpitants de désespoir.

– Vous n'allez pas me libérer ? demanda-t-il, lugubre.

– Certainement pas ! répondit l'homme à tête de chien. Tu en sais trop. Tu dois venir avec nous.

– Si je dois venir avec vous, laissez-moi au moins voler, implora le dragon.

Dodman le regarda droit dans les yeux.

– N'essaie pas de t'échapper, tu le regretterais. Tu n'ignores pas que je peux t'obliger à exécuter mes quatre volontés. Pose-toi dans le jardin et attends-nous.

Une fois que le dragon se fut élancé dans les airs, Dodman ajouta doucement, son affreux sourire aux lèvres :

– Ensuite, mes braves chiens, je vous récompenserai avec de la bonne viande de dragon !

– Vous ne pouvez pas !

Ben était horrifié.

– Il faut bien que mes chiens se nourrissent, mon garçon.

Dodman découvrit ses terribles dents.

– Nous devons tous manger.

Ben regarda le dragon, au loin, tournoyer autour du château et descendre à grands battements d'ailes. Il y avait certainement quelque chose à faire pour le sauver. Tandis que la meute Gabriel emportait le chariot dans l'air froid, au-dessus du lac, Ben ne pensa qu'à son ami, qui avait été tellement maltraité dans les deux mondes. Cette injustice lui fit monter les larmes aux yeux. Furieux, il cligna des paupières. Il n'allait pas laisser voir à ces créatures abominables qu'il pleurait.

Aussi, dès que les chiens entamèrent leur descente

dans le jardin du château et que l'équipage se trouva assez près pour que Zark puisse l'entendre, Ben se dressa dans le chariot et se mit à hurler à pleins poumons :

– Xarkanadûshak ! Sauve-toi ! Rentre chez toi !

Étonné, le dragon posa sur lui ses yeux pourpres toujours en mouvement. Pendant un instant, Ben crut que le fait de prononcer son vrai nom ne produisait plus aucun effet. Mais soudain, échappant aux mâchoires puissantes de la meute Gabriel, Zark se ramassa sur ses pattes arrière et bondit dans le ciel en battant des ailes de toutes ses forces.

Dodman le regarda partir, les yeux étrécis.

– Je ne peux donner que trois ordres à cet animal, donc je le laisse partir pour le moment. C'est un don qu'il ne faut pas gaspiller.

Avec un douloureux pincement de regret, Ben prit conscience qu'il avait utilisé toutes ses possibilités d'invoquer le vrai nom du dragon : la première fois, pour faire atterrir Zark dans Aldstane Park, la deuxième pour l'obliger à s'introduire sur la route sauvage, et la troisième pour lui ordonner de s'enfuir. Désormais, il se trouvait seul dans ce lieu effrayant. Littéralement sans un ami au monde.

15

LA CHAMBRE DES ROSES

Pendant qu'il traversait le château sous l'escorte des lutins, Ben commença par examiner l'environnement en fermant successivement un œil, puis l'autre. Les petites griffes pointues des lutins s'enfonçaient dans ses bras chaque fois qu'il ralentissait pour regarder par une porte ouverte, mais il réussit à se faire une idée de la grandeur passée de ce lieu, d'un âge révolu. De magnifiques brocarts, de splendides tapis et de fabuleuses tapisseries attirèrent son attention, mais avec son œil eidolonien, il vit ensuite qu'ils étaient couverts de toiles d'araignées et de poussière. De plus, ils sentaient le moisi. De nombreuses pièces étaient plongées dans l'obscurité, leurs stores baissés. D'autres étaient fermées à clé. Un silence de mort régnait sur le château.

– Où allons-nous le mettre ? demanda Dodman au vieillard voûté qui, dans l'autre monde, était l'horrible oncle Aleister.

Le Vieux Monstre se mit à rire.

– Pourquoi pas dans la chambre des Roses ? suggéra-t-il. C'était celle de sa mère.

– Parfait !

Dodman fit son sourire atroce.

Ils montèrent une volée de marches en pierre et, comme par magie, le vieil homme se retrouva avec un trousseau de clés rouillées entre les mains. Il ouvrit une porte. Les lutins poussèrent Ben dans la pièce.

Les yeux de Dodman luisaient.

– Le diable sait de quoi nous allons te nourrir. Cependant, j'ose affirmer que nous trouverons bien quelques cafards géants, à moins que ce ne soit un ou deux basilics.

Il claqua la porte si violemment que les gonds produisirent un craquement de protestation.

Ben entendit la clé tourner dans la serrure et les pas de ses geôliers s'éloigner dans le corridor. Il entreprit d'explorer sa prison.

Pour une prison, elle était plutôt agréable, avec son immense lit à baldaquin couvert d'une épaisse moustiquaire. Il y avait des étagères pleines de livres. Les placards débordaient non seulement de vieux habits mais d'articles étranges et assez intéressants : plumes, pierres et morceaux de bois flotté. Tout ce que sa mère aimait collectionner dans son propre monde. Les étroites fenêtres encadrées de pierres surplombaient le lac.

Cependant, cette chambre était triste et paraissait plus inoccupée qu'elle n'aurait dû, comme si elle regrettait la personne qui l'avait habitée. En fait, songea Ben, elle paraissait solitaire. Ce qui n'avait rien de surprenant, car apparemment personne au monde ne venait

dans ce château ; personne, excepté Dodman et ses acolytes.

Quel gâchis, pensa Ben en regardant par la fenêtre.
Fermant les deux yeux, il imagina le château à l'époque
agréable où sa mère y vivait. Il devait être grouillant de
vie, avec des rires résonnant dans les couloirs. Il était
probable que la princesse Isadora et ses amies jouaient
dans les escaliers, et que les gens et toutes sortes de
merveilleuses créatures allaient nager dans le lac. Dans
le jardin, aujourd'hui parsemé d'os parce qu'il était
devenu le domaine de la meute Gabriel, on devait cha-
parder des pommes et des poires sur les arbres fruitiers,
et patauger dans des fontaines peuplées de poissons.
Des poissons de toutes sortes à l'exception des guerriers de Mongolie.

D'une certaine manière, ce château n'était plus que
le fantôme de lui-même.

Quand Iggy lui avait décrit le pays secret, Ben l'avait
imaginé rempli de merveilles, un peu comme il avait
imaginé l'animalerie. Maintenant, il se rendait compte
de sa naïveté. Vue de plus près, l'animalerie n'était
autre qu'une méchante vitrine dissimulant l'odieux
commerce auquel M. Dodds se livrait en vendant des
animaux qui ne lui appartenaient pas et qu'il n'avait pas
le droit de faire sortir de leur pays. De même, Eidolon
n'était plus le magnifique paradis magique que Ben
avait espéré découvrir.

La négligence et la cupidité l'avaient amoindri.

Ben pensa aux créatures du royaume des ombres

qu'il avait rencontrées : le Vagabond, le farfadet, la phoquie, le dragon. À part Iggy, qui semblait capable de
s'adapter aussi bien à un monde qu'à l'autre, tous ces
êtres étaient tombés malades après avoir quitté
Eidolon. Et plus ils avaient passé de temps loin de chez
eux, plus leur maladie s'était aggravée.

Le pays secret souffrait lui aussi. Ben songea au mildiou et aux moisissures, à l'herbe sèche, à la forêt
miteuse ; aux poissons qui flottaient le ventre en l'air
dans la rivière, et aussi à la très vieille sirène aux yeux
vides et blancs ; il pensa à toutes les créatures qui
s'étaient enfuies et cachées à leur approche ; aux larmes
de la dryade, et à ce qu'elle avait dit.

S'il y avait une reine à Eidolon, dans le passé, et
qu'elle soit partie, cela expliquait peut-être ce qui arrivait, songea Ben. En son absence, Dodman faisait tout
ce qu'il voulait, car apparemment, personne n'avait le
pouvoir de l'en empêcher ; même pas l'homme aux
ramures, dont ils avaient traversé le royaume, et qui
avait une apparence si royale et imposante. Cette situation avait permis à l'horrible oncle Aleister de vendre ce
pauvre Zark pour en faire un incinérateur de jardin, et
de gagner des sommes d'argent astronomiques en se
livrant au commerce de créatures du royaume des
ombres. C'était cela qui vidait Eidolon de sa magie.

Il se remémora les paroles de Zark au sujet de la
mort de la petite fée : « Voilà un autre habitant du pays
secret qui vient de mourir, et la quantité totale d'énergie a encore diminué. C'est de cette façon que le monde

va s'éteindre, Ben, à cause de cette cruauté insouciante. Si un prince et un dragon n'ont pas le courage d'empêcher le meurtre d'une petite fée, quelle chance reste-t-il à Eidolon ? »

Ben savait que c'était la vérité.

S'éloignant de la fenêtre, il alla s'asseoir sur le lit. Le lit de sa mère. Aussitôt, un gros nuage de poussière s'éleva et le fit tousser. Quand la poussière fut retombée, Ben crut sentir l'odeur de sa mère ; un parfum délicat, léger, comme celui des roses. Le fait d'avoir perdu sa mère, sa famille et son monde était écrasant.

Courage, Ben.

En pensant à la jeune fille qu'elle avait été à l'époque où elle habitait cette chambre, et à la forme que prenait son absence, Ben vit soudain la dernière pièce du puzzle se mettre en place dans sa tête. Brusquement, il se rendit compte que tout ce que la dryade avait dit devait être vrai. Sa mère était bel et bien la reine du pays secret. Cela expliquait pourquoi, dans l'autre monde, sa santé s'était dégradée. Plus elle restait longtemps loin de son univers et de la magie qui le soutenait, plus elle était malade. Et Eidolon aussi.

Mais si c'était réellement le cas, ils étaient responsables, lui, Ellie et Alice. Et son père. S'ils n'avaient pas été là, sa mère serait encore à Eidolon, et elle se porterait bien.

Ben se lova sur le vieux lit qui sentait le renfermé, et serra tristement ses bras autour de son torse. Excepté M. Dodds, l'horrible oncle Aleister et les lutins, il était le seul à connaître la vérité et à pouvoir passer d'un monde à l'autre. Et voilà qu'il se retrouvait enfermé dans un château fort au beau milieu d'un lac. Il ne pouvait rien faire pour sauver sa mère, Eidolon et ses habitants.

Ben s'apitoya sur lui-même tandis que l'obscurité descendait.

Il ne pouvait rien faire... Personne d'autre n'était capable de passer d'un monde à l'autre...

Soudain, Ben se redressa.

– Quel idiot ! s'écria-t-il.

En riant, il bondit et se mit à danser autour de la chambre. Il fit la roue. Il avait un sourire jusqu'aux oreilles.

Mais si, il *pouvait* faire quelque chose. Il connaissait *quelqu'un* capable de franchir le passage.

Cependant, sa joie fut de courte durée. Cette opération allait être dangereuse.

Mais il n'avait pas le choix. Il alla se pencher à la fenêtre et cria dans la nuit :

– Ignatius Sorvo Coromandel ! Où que tu sois, viens immédiatement !

♔ 16 ♕

IGNATIUS SORVO COROMANDEL

Ben attendit. Il scruta le lac qui s'assombrissait, et attendit. Il s'assit au bord du lit, balança ses pieds, et attendit. Il fit les cent pas dans la chambre, ouvrant et fermant d'un geste impatient des portes de placard, et il attendit.

Il n'y avait pas le moindre signe d'Iggy.

Ben finit par se maudire pour sa stupidité. Même si Ignatius Sorvo Coromandel avait entendu son appel, comment pourrait-il le retrouver ? Et même s'il le retrouvait, comment pourrait-il traverser le lac ? Surtout un chat comme Vagabond ! En tant qu'explorateur, il était plutôt raté. Ben en avait l'intime conviction. En cet instant précis, Iggy pouvait se trouver n'importe où ; comment être sûr qu'il ne s'était pas trompé de route sauvage ? Peut-être était-il arrivé en Chine ancienne ? À moins qu'il ne soit en train de faire une peur bleue à l'empereur Napoléon, à la veille de la bataille de Waterloo ; il se pouvait aussi qu'il soit coincé en haut du monolithe Uluru, au beau milieu de l'arrière-pays australien.

Mais il était également possible qu'il ait été amené ici

de force et qu'il soit tombé entre les dents de la meute Gabriel.

Ben se prit la tête à deux mains.

Des pas résonnèrent dans l'escalier.

Il fixa les yeux sur la porte, comme si par sa seule volonté il pouvait être doué d'une vision à rayons X lui permettant de voir qui se trouvait derrière. Une seconde plus tard, quelqu'un introduisit une clé dans la serrure et la porte s'ouvrit en grinçant.

C'était le Vieux Monstre et les lutins. L'un d'eux portait une assiette, l'autre une tasse et une petite bougie. L'estomac de Ben gargouilla ; mais dès qu'il vit le contenu de l'assiette, il comprit que Dodman n'avait pas plaisanté.

– Mange, Benny ! Ils sont très nourrissants, ces cafards géants du Maroc. Un peu craquants, mais je suis sûr que tu t'y habitueras, gloussa le Vieux Monstre. Il le faudra bien, car il n'y a rien d'autre à manger dans ce trou perdu. Je vais sortir tout à l'heure pour m'offrir un bon steak-frites, mais ne t'inquiète pas, Boggart et Bogie prendront soin de toi ; ils veilleront à ce que tu ne t'échappes pas, ou que tu ne fasses pas une autre bêtise du même genre.

Ben dévisagea le vieil homme ratatiné qui, dans un autre monde, était son horrible oncle ; il regarda ses yeux noirs, qui ne clignaient jamais, ses dents trop longues, son menton barbu et son nez en forme de bec d'aigle. C'était difficile de trouver une ressemblance de famille, mais malgré cela, Ben ne put s'empêcher de dire :

– Si tu es son frère, comment peux-tu supporter de la laisser mourir ?

Le Vieux Monstre faillit s'étrangler de rire.

– Tu n'as toujours pas compris, Benny ?

Il regarda par-dessus son épaule, au cas où quelqu'un écouterait, puis il se pencha vers Ben et baissa la voix.

– Quand Isadora sera morte, j'amènerai ma Cynthia ici pour qu'elle prenne la place qui est la sienne et devienne la reine d'Eidolon.

L'horrible cousine Cynthia, reine d'Eidolon ? Si cela se produisait, il n'y aurait plus le moindre espoir dans ce monde.

En voyant l'expression horrifiée de Ben, le vieil homme se frotta les mains d'un air joyeux en éclatant de son horrible rire qui ressemblait au braiment d'un âne, et que Ben détestait tant.

Maintenant, le vieillard s'adressait à ses acolytes.

– Je veux que vous redescendiez aussi vite qu'une salamandre remue deux fois la queue, déclara-t-il.

Il prenait le même ton zélé que lorsqu'il ordonnait à Ellie et à Ben d'exécuter une corvée.

– Nous devons piéger un remplaçant pour l'incinérateur de jardin de lady Hawley-Fawley, continua-t-il. Donnez son repas à ce garçon et assurez-vous qu'il le mange, puis venez me rejoindre dans le jardin.

Il tourna les talons et quitta la pièce en faisant claquer la porte derrière lui.

Les lutins lorgnèrent Ben de leurs petits yeux luisants.

Ils posèrent l'assiette et la tasse sur le coffre installé devant le lit et contemplèrent leur contenu d'un air plein de convoitise.

– Qu'est-ce qu'il y a là-dedans ? demanda Ben en désignant la tasse.

Les lutins se regardèrent.

– C'est toi qui lui dis, Bogie, ordonna celui qui se trouvait à droite.

– Non, c'est toi.

– Toi !

– Non, toi !

– Du sang de rat, finit par répondre Boggart. Du délicieux sang de rat.

Ben eut un haut-le-cœur.

– Vous pouvez le boire si vous voulez, déclara-t-il plus gentiment qu'il n'en avait envie.

Les lutins se léchèrent les lèvres de leurs langues noires, d'aspect visqueux.

– Nous ne pouvons pas !

– Mais si.

– Non, nous ne pouvons pas. Dodman nous ferait la peau.

– Je ne lui dirai rien.

– Tu vas le lui dire.

– Non !

Cela commençait à devenir ennuyeux. Ben avait l'impression de participer à une mauvaise pantomime. Il ne manquait plus que quelqu'un crie « Il est derrière toi ! » pour compléter la scène.

Comme Boggart tendait la main vers la tasse, les yeux de Bogie s'arrondirent.

– Il est derrière toi ! siffla-t-il.

Boggart retira sa main en toute hâte comme s'il s'était brûlé.

Dodman se tenait sur le seuil de la chambre.

– Que doit-il me dire ? interrogea Dodman.

– Rien ! répondit Boggart.

– Rien ! répondit Bogie.

Ils fixèrent sur Ben un regard méfiant.

– Que ma mère vous punira pour ce que vous avez fait à son peuple, répondit Ben.

Les lutins échangèrent un coup d'œil terrifié et s'enfuirent avant que l'homme à tête de chien ne perde son calme.

Celui-ci haussa les épaules.

– Je ne crois pas qu'elle aura assez de forces pour me punir de quoi que ce soit, dit-il d'une voix glaciale.

Puis il sourit.

– Je t'ai amené un compagnon.

Il passa la main sous son long manteau noir d'où il extirpa une forme dégoulinante, qui se débattait. Pendant quelques secondes, Ben ne fut pas très sûr de ce qu'il voyait, puis il comprit que c'était un chat.

– Oh, Iggy ! dit-il d'un air malheureux.

Mouillé comme un rat, le chat s'arracha à la poigne de Dodman et fila sous le lit, où il resta, tremblant, ses yeux brillant dans le noir.

Dodman éclata de rire.

– Le Vagabond et le prince d'Eidolon. Quel tableau héroïque vous composez ! Si c'est toute la résistance qui s'oppose à moi, je n'ai pas grand-chose à craindre. Un autre transfert des créatures d'Eidolon dans l'autre monde devrait achever ta mère ; ensuite, je n'aurai plus qu'à m'emparer du trône !

Ben réfléchissait à toute allure. Il se rappela ce que le Vieux Monstre avait dit au sujet de sa cousine. Il était temps de semer la discorde entre Dodman et son homme de main.

– Oncle Aleister m'a dit que Cynthia serait la reine, annonça-t-il.

Il eut la satisfaction de voir Dodman tourner vivement la tête d'un air mauvais, ses yeux étincelant à la lueur des bougies.

– Vraiment ? C'est ce qu'il t'a dit ? Très intéressant !

Il s'en alla sans ajouter un mot. Ben entendit la clé racler la serrure, puis tout devint silencieux.

Ignatius Sorvo Coromandel émergea de son abri. Il ressemblait à un écureuil trempé. L'eau dégoulinait de son corps, formant des flaques sur le plancher. Le chat entreprit de se lécher, ce qu'il fit avec une énergie surprenante.

– Je suis désolé de t'avoir fait venir ici, Iggy.

– Je l'espère bien. Je passais un moment vraiment agréable à contempler le coucher de soleil sur la mer Occidentale, en compagnie d'une très jolie chatte jamaïcaine à six orteils. J'avais dû manœuvrer pendant trois jours pour l'approcher, et voilà que tes ordres me parviennent, impossibles à ignorer. Je me suis élancé en direction de la route sauvage la plus proche sans même prendre le temps de lui dire au revoir.

Il jeta un regard noir à Ben.

– Si elle ne veut plus me parler quand je serai de retour, ce sera ta faute. Comme si tout ça ne suffisait pas, il a fallu que je traverse un lac à la nage et que j'affronte une meute d'aboyeurs du ciel. Pour des chiens-fantômes, ils ont des dents remarquablement pointues.

Il se mit dans une position qui permit à Ben de voir sa queue, dont le bout paraissait déformé.

– S'ils n'avaient pas été là, je m'en serais très bien sorti, mais ils ont alerté Dodman avec leurs hurlements...

– J'ignorais que les chats savaient nager.

Iggy le regarda en plissant les yeux.

– Seuls les chats du lac de Van et les tigres le font par *choix*, déclara-t-il. L'eau est froide et mouillée, et elle abîme la fourrure. Mais je suppose que je suis meilleur nageur que toi, Ben Arnold.

Ben sourit.

– Sans difficulté. Je nage comme un fer à repasser !

Iggy se secoua avec une vigueur soudaine.

– Très bien. Tant qu'à faire, autant que le déplacement en vaille la peine. Commençons à sauver le monde.

Il tourna un regard avide vers le repas que les lutins avaient apporté.

– C'est à toi ? demanda-t-il avec une fausse indifférence.

Ben posa les yeux sur l'assiette de cafards avant de les reporter sur Iggy. Son expression était plus qu'éloquente.

– Ils sont tous à toi, dit-il.

Il détourna le regard quand Iggy les expédia prestement, les croquant avec un joyeux appétit.

– Tu as compris ? Tu sais ce que tu dois dire ?

– Qui va écouter un chat qui parle ?

– Moi, je l'ai bien fait.

Ignatius Sorvo Coromandel cligna de l'œil.

– C'est vrai.

– Tu représentes notre seule chance de sauver Eidolon et ma mère. Il suffit de t'assurer que l'horrible oncle Aleister, la tante Sybil, l'horrible cousine Cynthia et son horrible chat sans poils ne t'entendent pas.

– Un chat sans poils ?

Tout à coup, Ben se souvint de quelque chose.

– Il m'a dit qu'il était un Sphinx ; je pense que c'est l'espion de Dodman. J'ai eu l'impression qu'il te connaissait...

– Vraiment ?

Les yeux d'Iggy envoyèrent des éclats topaze.

– J'ai un vieux compte à régler, dit-il.

Ben espéra qu'il allait lui raconter son histoire, mais apparemment, le Vagabond était plutôt enclin à ne pas lui faire ce plaisir.

– Il faut que j'y aille, dit Ignatius Sorvo Coromandel en se secouant une dernière fois.

Pourquoi se souciait-il tant de sa fourrure, alors qu'il allait se mouiller de nouveau, voilà qui dépassait Ben.

– Sois prudent, Iggy, tu me le promets ? Ne te noie pas, et ne...

Le petit chat montra ses dents.

– Ce n'est vraiment pas mon intention.

Ben parcourut la pièce du regard : la porte fermée, les ombres bondissantes créées par la bougie, la nuit derrière les vitres.

– Comment vas-tu sortir d'ici ?

En guise de réponse, Iggy bondit avec élégance sur l'appui de fenêtre le plus proche et poussa un miaulement rauque et bizarre dans l'obscurité.

Pendant un instant, il n'y eut plus un seul bruit. Ben se rendit compte qu'il retenait son souffle. Quant au chat, immobile comme une statue de pierre, il regardait la nuit.

Puis une faible lueur orange apparut dans l'air et se réfléchit dans les eaux calmes du lac. Ben courut regarder à la fenêtre. Dans sa précipitation, il faillit faire tomber Iggy de son perchoir.

Un nuage de lucioles, semblait-il, traversait le lac ; le clair de lune faisait briller un ouragan d'ailes diaphanes, de têtes et d'antennes argentées.

Une de ces créatures finit par se séparer de la nuée et vint voleter dans la chambre, où la lumière de la bougie enveloppa d'un halo doré ses ailes vibrantes.

– Bonjour, Ben... Bonjour, Iggy !

La voix était enrouée et familière, le minuscule

visage séparé en deux par un immense sourire aux dents pointues.

– Baguette ! s'écria Ben, enchanté.

– Regarde, il a emmené toute sa famille ! fit remarquer fièrement Iggy.

Il baissa les yeux sur son estomac arrondi, plein d'énormes cafards, puis il regarda de nouveau les farfadets.

– J'espère qu'ils seront assez nombreux, ajouta-t-il nerveusement.

L'un après l'autre, les farfadets entrèrent en trombe par la fenêtre, illuminant bientôt la chambre des Roses tout entière. Ils transportaient ensemble un fouillis de fines branches.

– Nous avons pensé... que tu pourrais confectionner... un panier, déclara Baguette avec enthousiasme. Pour y mettre le Vagabond... ainsi, nous pourrons le porter à plusieurs...

Il jeta un coup d'œil dubitatif au chat.

– Bien qu'il soit... plus gros que dans mon souvenir.

Il hocha tristement la tête.

– Je n'étais pas très en forme alors.

Ben observa les branches. La confection des paniers n'avait jamais figuré au sommet de la liste de ses réussites. Elle ne s'en rapprochait même pas le moins du monde. En fait, il devait bien admettre qu'il n'avait pas la plus élémentaire notion de la façon dont il fallait s'y prendre. Cependant, le destin du Vagabond en dépendait. Ben s'empara des branches et alla s'asseoir sur le lit.

Une demi-heure plus tard, le résultat de ses efforts se résumait à un grand nombre de branches cassées et de feuilles arrachées. Les autres étaient encore plus enchevêtrées qu'avant. Ben fit la grimace.

– Euh... je ne m'en sors pas, Iggy.

Le chat lui jeta un regard sévère.

– Il y a longtemps que je m'en suis rendu compte.

Il arpenta la chambre, enfonça une griffe dans la première porte de penderie qu'il trouva et l'ouvrit d'une patte nonchalante.

L'intérieur était un capharnaüm de robes et de châles, de capes et de chapeaux. Ben bondit, éparpillant les branchages autour de lui, et se mit à farfouiller. Il finit par en extirper triomphalement un bonnet à large bord en dentelle, orné de rubans.

– Voilà ce qu'il nous faut !

Iggy zieuta le bonnet d'un air écœuré.

– Je ne porterais ce machin-là pour rien au monde !

– Tu ne vas pas le porter, idiot, dit Ben, oubliant les bonnes manières. Tu vas t'asseoir à l'intérieur. Baguette et sa famille te transporteront.

– Je vais être ridicule !

Ben posa les mains sur ses hanches. Son père faisait le même geste quand il commençait à s'énerver. Ben ne savait pas qu'il en avait hérité.

– Quelle importance ? demanda-t-il.

Le chat regarda encore une fois cette monstruosité à dentelle, puis il haussa les épaules.

– Aucune, je présume.

Il fit une pause.

– Mais tu ferais mieux de n'en parler à personne.

Il médita un instant.

– Si cette meute Gabriel me voit, je n'arriverai jamais à faire oublier ça ! Imagine ! Le Vagabond dans un bonnet...

Et en effet, il offrait un spectacle très curieux. En voyant Ignatius Sorvo Coromandel transporté (non sans difficulté) au-dessus du lac noir dans un bonnet de dentelle blanche par une dizaine de farfadets, Ben éprouva une brève envie de rire. Mais il se rendit vite compte qu'il avait plutôt envie de pleurer, et il se mordit la lèvre. Quant à Iggy, il gardait les yeux fixés droit devant lui, tel un amiral à la proue d'un navire. Il faisait de son mieux pour garder toute sa dignité. Ben observa cette étrange procession jusqu'à ce qu'elle disparaisse de l'autre côté du lac.

Puis il alla s'allonger sur le lit de sa mère en souhaitant de tout son cœur que la mission de Vagabond réussisse.

17

LE MESSAGER

Aldstane Park était silencieux comme une tombe. Il était encore très tôt, ce matin-là, quand un petit chat noir et brun aux yeux dorés et brillants émergea d'un massif de rhododendrons dans l'herbe couverte de perles de rosée. Dans ce monde, le soleil n'était pas encore levé et le concert de l'aube commençait tout juste à se faire entendre.

Ignatius Sorvo Coromandel regarda avec un intérêt passif un corbeau endormi sur la branche basse d'un grand frêne, puis il se força à se concentrer sur la tâche qu'il devait accomplir.

Ben lui avait expliqué de son mieux où se trouvait King Henry Close. Cependant, la mémoire d'Iggy avait tendance à devenir vague et embrumée dès que quelqu'un lui donnait des instructions. Le Vagabond préférait faire confiance à son instinct. Et à la chance.

Il se mit à trotter vivement sur la route en regardant à droite et à gauche, essayant de se rappeler ce que Ben lui avait dit au sujet de la maison de l'oncle Aleister. Il était question d'un jaguar noir et brillant installé devant la maison, sur l'allée...

217

Ignatius Sorvo Coromandel arpenta les rues résidentielles de Bixbury pendant près de deux heures, avec pour seul résultat un énorme mal aux pattes. Il n'avait aperçu aucun jaguar ni aucune autre espèce féline. Il n'en avait même pas senti l'odeur. Et maintenant, il était complètement perdu.

Il sauta sur un mur de brique et se lécha tristement les pattes. Dire qu'il était le fils de deux grands explorateurs d'Eidolon ! Lui, le célèbre Vagabond, il allait échouer dans la mission que Ben lui avait confiée ! Il allait manquer à tous ses devoirs envers la reine Isadora, et envers Eidolon : et cela parce qu'il était incapable de trouver la bonne maison. Il baissa la tête.

– Descends de mon mur !

Il la releva brusquement. Sur la pelouse, un gros chat roux le fixait de ses yeux jaunes et furibonds, le poil hérissé.

– Va-t'en ! Tout de suite !

Iggy le regarda.

– Tu pourrais ajouter « s'il te plaît », dit-il, encore plus furieux que l'autre.

C'était une mauvaise idée. Avant qu'il n'ait le temps de réagir, le chat roux sauta sur le mur et lui prit la tête entre ses grandes mâchoires. Iggy sentit ses dents s'enfoncer sur le sommet de son crâne.

– Oh ! Lâche-moi !

Le chat orange prononça quelques paroles incompréhensibles (il avait la bouche pleine), puis il se mit à le frapper d'une patte. Ils tombèrent sur la pelouse en poussant des cris. Iggy réussit à sortir sa tête assez long-temps pour dire :

— Je m'appelle Vagabond, et j'ai besoin de ton aide !

Son agresseur retira lentement ses dents, comme s'il pouvait le faire une par une. Il recula et dévisagea d'un air peu amène ce petit chat noir et brun. Il avait les oreilles aplaties, le nez plissé.

— J'ai entendu parler de toi, finit-il par déclarer. Comment puis-je savoir si tu es bien celui que tu prétends être ?

— J'ai voyagé sur les routes sauvages d'Eidolon pour arriver jusqu'ici, répondit Iggy, désespéré.

Le chat roux redressa les oreilles.

— Eidolon ? Le pays secret ?

— Tu y es déjà allé ?

Le chat roux parut nostalgique.

— J'en ai toujours rêvé.

— Si je ne porte pas mon message à la personne à laquelle il est adressé, plus aucun chat ne pourra entrer en sécurité dans le royaume des ombres.

Le chat roux eut un petit rire gêné, comme s'il avait affaire à un interlocuteur un peu fou.

— La situation n'est certainement pas si tragique ? Tu as parlé d'une personne ? Pourquoi voudrais-tu discuter avec un Glauque ?

— Certaines personnes sont des Glauques, mais d'autres ont du sang d'Eidolon.

— Tu veux dire, le sang de la reine ?

Le chat roux devint brusquement attentif de la tête au bout de la queue.

Iggy craignit d'en avoir trop dit. Il se mit frénétiquement à faire sa toilette, ce qui est, pour les chats, une manière de changer de sujet.

Puis il expliqua :

– Je cherche une fille nommée Ellie. Elle habite une maison devant laquelle vit un gros jaguar noir. J'ai cherché partout, mais je n'ai pas senti l'odeur de cet animal. Ni celle d'un lion, d'un tigre ou d'un lynx...

Le chat roux hurla de rire en le regardant d'un air narquois.

– Quel grand chat digne de ce nom irait s'installer devant la maison d'un Glauque ? Il voulait parler d'une voiture, pauvre idiot. Une Jaguar, c'est une marque de voiture ! Tu dois vraiment venir d'une autre planète si tu ne sais pas *ça !*

Iggy remua d'un air gêné. Aucun chat n'aime passer pour un imbécile.

– Eh bien, dit-il, de mauvaise humeur, où puis-je la trouver, cette voiture ?

Son interlocuteur sortit de l'herbe et se secoua.

– Je ne sais pas.

– Tu ne *sais* pas ?

Iggy enrageait. Après s'être livré lui-même aux sarcasmes du chat roux, c'en était trop.

– Regarde autour de toi, dit l'autre en indiquant d'un signe de tête les rues qui longeaient le jardin. Il y a des voitures partout. C'est le problème, avec ces engins. Ils se déplacent.

C'était vrai. Partout, des voitures roulaient, et la plupart étaient noires. Maintenant, les rues étaient très encombrées, avec les gens qui se rendaient à leur travail. Ils n'avaient absolument pas conscience que deux mondes se trouvaient en danger. Vaincu, Iggy soupira.

– N'as-tu pas d'autres informations susceptibles de m'aider ? demanda plus gentiment le chat roux.

Ignatius Sorvo Coromandel tritura sa petite cervelle.

– La personne que je cherche habite avec un homme nommé l'horrible oncle Aleister, une fillette qui s'appelle Cynthia, et un chat sans poils...

Le chat roux parut interloqué.

– Un chat sans poils ? répéta-t-il.

– Tu le connais ?

– Oui.

Il prit un air sombre.

– S'il y a quelque chose de mauvais dans ce monde, ou dans le tien, c'est bien ce Sphinx. Et si la personne que tu cherches vit avec cette créature, il vaut mieux que tu renonces à ta mission.

– C'est impossible ! objecta le Vagabond.

– Je vais t'accompagner jusqu'au bout de cette rue, décida le chat roux. Mais je n'irai pas plus loin. Méfie-toi du Sphinx et des habitants de cette maison. Leur cruauté est bien connue.

Il baissa la voix, jeta un coup d'œil par-dessus son épaule de crainte qu'on ne l'entende.

– Ils gardent des animaux dans des caisses et les font partir en camion vers Dieu sait quelle destination. Un bon nombre d'animaux meurent du simple fait d'être en transit. Il paraît que ces Glauques vendent les corps aux fabriques d'aliments pour animaux. Des aliments qui te rendent malade. Désormais, je ne mangerai plus jamais de nourriture qui ne vienne pas d'un plat à rôtir.

Il réfléchit un instant.

– En dehors des souris occasionnelles, naturellement.

Il haussa les épaules d'un air fataliste et adressa un sourire en coin à Iggy.

– Les chats seront toujours des chats.

Reprenant en sens inverse le chemin qu'il avait déjà parcouru, Iggy se mit à trotter à côté de lui. Ils restèrent quelques instants sans mot dire. Avec ses pattes doulou-reuses et sa nature impatiente, le Vagabond trouvait ce trajet interminable. Quand les arbres d'Aldstane Park furent visibles par-dessus les toits, il se sentit encore plus stupide qu'un peu plus tôt.

Enfin, le chat roux s'arrêta près d'un grand objet rouge au coin de la rue.

– C'est par là, dit-il en pointant le menton dans la direction qu'il voulait indiquer. La quatrième maison. Sois prudent...

Il fit une pause, puis il ajouta rapidement :

– Si quelqu'un te demande qui t'a renseigné pour venir ici, *ne réponds pas*.

– J'aurais du mal à le faire, fit remarquer Iggy. Tu ne m'as pas donné ton nom.

Le chat roux parut décontenancé.

– C'est Tom. Du moins, c'est ainsi que mes Glauques m'appellent.

Il se tapota le nez.

– Pas de nom complet, c'est plus sûr. Des fois que tu le dévoilerais sous la torture.

Il se mit à rire comme s'il venait de dire une bonne plaisanterie. Puis il sauta sur la haie la plus proche et disparut, laissant un Iggy consterné le chercher des yeux.

Il n'y avait aucune voiture noire brillante devant la quatrième maison de la rangée, mais un gros camion jaune surmonté d'une ampoule orange qui clignotait. Quelques hommes en salopette y introduisaient par l'arrière un véhicule qui semblait avoir brûlé. Iggy s'assit dans le taillis et observa avec attention. Une femme mince vêtue d'une robe rose élégante leur criait après, encouragée par la fillette maigre qu'il avait vue chez Ben, et qui portait un petit chat sans fourrure.

C'étaient Cynthia et le Sphinx.

Iggy frissonna quand le regard vert et perçant du chat scruta l'allée, et il recula dans la profondeur des buissons.

Derrière eux apparut une autre fille. Plus grande que Cynthia, elle avait de longs cheveux clairs attachés en queue-de-cheval lâche qui laissait voir deux boucles d'oreilles très originales. Iggy se souvint d'elle. Elle avait passé la tête par l'ouverture de la cabane perchée dans l'arbre. Ce jour-là, elle avait une épaisse couche de peinture rouge sur les paupières ; mais aujourd'hui, on aurait dit qu'elle avait pleuré car le produit noir qu'elle se mettait autour des yeux avait coulé.

Pendant un court instant, Ignatius Sorvo Coromandel eut le cœur serré.

— Ben n'aurait jamais fait une chose aussi terrible ! dit Ellie pour la énième fois. J'en suis sûre !

— Alors si ce n'est pas lui qui a fait brûler la Range Rover de maman, pourquoi s'est-il enfui ? demanda Cynthia. Donne-moi une réponse.

— Je n'en sais rien ! cria Ellie. Je n'en sais rien du tout !

— Il a intérêt à ne pas revenir, dit la femme en rose. Sinon, Aleister va le rouer de coups. En tout cas, ton père devra me dédommager.

Tante Sybil regarda Ellie avec dédain.

— Avec ce qu'il gagne dans ce misérable journal local, cela va lui prendre plusieurs années !

Elle rentra dans la maison en faisant claquer ses talons.

Ellie s'assit sur le seuil.

— Est-ce que quelqu'un a dit à papa que Ben a disparu ? demanda-t-elle à sa cousine.

— Je ne crois pas. Qui s'en soucierait ? répondit Cynthia.

Le Sphinx s'étira dans ses bras avec un sourire mauvais. Son expression était d'autant plus incontestable qu'aucun poil ne la cachait.

— Personne, répondit-il à voix basse comme s'il se parlait à lui-même.

Ellie baissa les yeux sur lui, puis elle les reporta sur Cynthia. Comme ils la regardaient tous les deux d'un air énigmatique, elle se mit à hurler :

— Je te déteste, et je déteste cette espèce de rat !

Elle dévala le sentier du jardin et continua de courir sur la route.

L'horrible cousine Cynthia et le Sphinx la suivirent du regard en affichant le même petit sourire, puis Cynthia rentra dans la maison et claqua la porte.

Iggy émergea des buissons et sortit de l'allée en courant. Loin devant lui, Ellie marchait d'un pas résolu en direction de la ville.

— Oh non, grommela Iggy, je ne vais jamais pouvoir continuer sur ces pattes-là.

Cependant, il serra les dents et s'élança. Malgré sa rapidité, il lui fallut un bon moment pour la rattraper. En arrivant près d'elle, il était à bout de souffle, et il avait du mal à parler.

— Ellie, parvint-il à murmurer.

Ellie s'arrêta et regarda autour d'elle. Ne voyant personne, elle se remit à marcher, encore plus vite.

— Ellie, attends ! supplia Iggy en boitant derrière elle.

Cette fois, elle baissa les yeux. Quand elle comprit qu'un chat venait de s'adresser à elle, elle parut effrayée.

— Je deviens folle, dit-elle à voix haute. Je suis aussi cinglée que Ben. Ou que maman.

Enfonçant ses mains dans ses poches, elle poursuivit son chemin.

À l'arrêt du bus, elle s'assit sur un petit siège en plastique rouge et regarda fixement la route, espérant sans doute qu'un bus allait apparaître.

Avec un dernier effort colossal, Iggy se hissa sur le siège qui était à côté d'elle.

– Écoute, dit-il, je ne ferais pas cela si la situation n'était pas désespérée. Mais elle l'est.

Ellie devint très pâle et prit une expression de pure panique. Elle plongea la main dans son sac à dos, en sortit une paire d'écouteurs qu'elle fixa rapidement sur ses oreilles. Un léger vrombissement ponctué d'un battement sourd, monotone, s'en échappa.

Iggy lui donna un coup de tête dans la jambe ; elle le repoussa. Il enfonça ses griffes dans son jean. Elle se leva et lui donna un coup de pied. Se réfugiant sous un siège, il leva sur elle un regard implorant, mais elle l'ignora. Iggy faillit se mettre à hurler de frustration.

– Ellie ! cria-t-il. Ellie Arnold !

Pas de réaction.

Il prit une profonde inspiration et, sans même s'en rendre compte, il fit remonter du fond de sa mémoire une minuscule pépite de renseignement que Ben lui avait donnée dans la cabane arboricole avant de savoir ce qu'il faisait ou de connaître le pouvoir que cela conférait.

– Eleanor Katherine Arnold ! Ôte ces objets de tes oreilles et écoute ce que j'ai à te dire !

☙ 18 ❧

LE MESSAGE

Trois bus passèrent sans qu'Eleanor Arnold les remarque pendant qu'Ignatius Sorvo Coromandel lui racontait toute l'histoire. Elle resta assise, les mains sur le visage, ses yeux au maquillage théâtral rivés sur Iggy par-dessus le bord du siège.

– Pauvre maman, dit-elle quand il eut fini.

Quelques secondes plus tard, elle ajouta :

– Pauvre Ben.

Elle arracha ses boucles d'oreilles et les piétina. Quelques petites plumes voletèrent avant d'être soufflées par les gaz d'un tuyau d'échappement. Iggy les regarda s'envoler de l'autre côté de la route. Il était stupéfait.

– On dirait des plumes de phénix...

– Ces pauvres oiseaux, déclara Ellie. Emportés loin de chez eux dans ces horribles boîtes sans air pour être tués et plumés... Je savais bien que ces plumes ne venaient pas d'un oiseau ordinaire.

Elle parla à Iggy des bijoux et autres accessoires qu'elle avait confectionnés en secret avec Cynthia dans la chambre de sa cousine. Elles avaient pris les fournitures dans des boîtes de plumes et de fourrures aux couleurs inhabituelles que l'oncle Aleister avait achetées. Puis elles avaient vendu les bijoux à l'école pour se faire de l'argent de poche.

— Je n'ai pas pensé à leur origine, continua-t-elle, bourrée de remords. En fait, je n'ai pensé à rien du tout. Tu m'as bien dit que chaque fois qu'une créature était arrachée à Eidolon par mon oncle, la maladie de maman s'aggravait ?

Iggy hocha solennellement la tête.

Ellie tendit la main. Un bus arrivait.

— Monte dans mon sac, dit-elle tandis qu'il ralentissait. Vite !

Au lieu d'obtempérer, Ignatius Sorvo Coromandel ne bougea pas et lui jeta un coup d'œil inquiet.

— Viens ! dit-elle en l'attrapant par la peau du cou.

Elle le fourra à côté de sa trousse de maquillage et de son lecteur de CD.

— Nous allons à l'hôpital !

Iggy passa la tête par l'ouverture du sac et regarda autour de lui. Ce lieu inconnu était plein d'odeurs très désagréables : odeurs de maladie, de mort et de produits chimiques. Les personnes qu'ils doublèrent dans le couloir étaient trop préoccupées pour remarquer un chat qui tendait le cou hors d'un sac. Certaines d'entre elles avaient une robe ou un manteau blanc et marchaient vite, d'autres poussaient des espèces de tables métalliques roulantes sur lesquelles des gens dormaient ; d'autres encore, qui portaient des vêtements ordinaires, étaient assises sur des chaises disposées en rangées et paraissaient surtout inquiètes ou tristes. Partout flottait la senteur âpre de l'anxiété.

Ils finirent par arriver dans une pièce qui ne contenait que des lits. Certains d'entre eux étaient entourés de rideaux. Il y avait quelques visiteurs. À côté du lit situé au fond, près de la fenêtre, un équipement important était installé : de longs tubes sortaient de sacs transparents suspendus à des patères argentées. Ils étaient reliés à une forme allongée, cachée par une couverture jaune. Iggy crut un instant que ces sacs étaient les mêmes que ceux de l'animalerie, dans lesquels M. Dodds mettait les poissons rouges, quand il les vendait. Mais il eut beau regarder fixement, il ne vit aucun poisson.

Un homme était assis près du lit. La lumière venant de la fenêtre tombait sur son visage, éclairant son expression hagarde. Iggy rentra la tête dans le sac et attendit, ne sachant plus très bien ce qu'il devait faire.

– Papa..., dit Ellie.

Son père redressa vivement la tête.

– Ellie, ma chérie, que fais-tu là ?

Ellie l'embrassa rapidement puis elle tira d'une main ferme les rideaux qui entouraient le lit de sa mère. Elle s'assit et posa son sac sur ses genoux. Les oreilles d'Ignatius Sorvo Coromandel émergèrent. En souriant, le père d'Ellie tendit la main vers Iggy pour qu'il la flaire. Puis il lui caressa la tête, et le menton, là où tous les chats aiment être grattés.

– Je ne crois pas que tu aies le droit de venir avec un animal de compagnie, dit M. Arnold.

Il parlait doucement afin que personne d'autre ne l'entende.

– Je ne suis pas un animal de compagnie, rétorqua Iggy, vexé.

Mais M. Arnold n'entendit rien d'autre qu'un « Miiiiaaa-ouou ! »

– C'est vrai, renchérit Ellie. On l'appelle le Vagabond.

À ces mots, la forme allongée sur le lit remua, et un murmure s'en éleva. Iggy regarda. C'était la première fois qu'il voyait la Reine d'Eidolon, mais il devait bien reconnaître qu'en ce moment, elle ne ressemblait pas beaucoup à une reine, de quelque pays que ce soit. Son visage était pâle, maigre, et sous la peau cireuse, ses pommettes saillaient comme des lames de couteaux. Ses cheveux paraissaient raides et ternes sous la lumière crue de l'hôpital et ses paupières fripées semblaient couvertes de bleus.

– Papa, dit Ellie en lui prenant la main, je sais pourquoi maman est malade...

M. Arnold releva vivement les sourcils et posa un doigt sur ses lèvres.

– Chut, tu vas la réveiller.

Mais Mme Arnold ouvrit les paupières et le transperça de ses yeux incroyablement verts.

– Tais-toi, Clive, chuchota-t-elle, je suis réveillée.

Elle se redressa un peu sur son lit.

– Bonjour, Ellie, ma courageuse petite fille.

Puis son regard tomba sur le chat.

– Bonjour, toi ! dit-elle doucement. Qui es-tu ?

– Je suis Ignatius Sorvo Coromandel, fils de Polo Horatio Coromandel. Ma mère est Finna Sorvo Farwalker.

Il baissa la tête.

– Votre Altesse.

La reine Isadora lui adressa un faible sourire.

– J'ai connu ta mère dans... un autre monde, dit-elle. Je crains qu'il y ait une histoire à raconter si... tu es là.

Chaque parole lui coûtait un gros effort.

N'en croyant ni ses yeux ni ses oreilles, M. Arnold les regardait tour à tour. Sa femme parlait-elle réellement à un chat, et écoutait-elle réellement ses miaulements comme s'ils avaient une signification ?

Brusquement, Mme Arnold fit une grimace.

– C'est Ben, n'est-ce pas ? Il est en danger, je l'ai senti dans... mon sommeil.

D'une main redevenue énergique, elle prit Ellie par le bras.

– Dis-nous tout ce que tu sais.

Ellie parla de ce qu'elle avait appris sur les deux mondes, l'un plein de magie, et l'autre, le plus gris, dans lequel ils se trouvaient. Elle parla de l'animalerie de M. Dodds, de la véritable nature du commerce d'import-export auquel se livrait l'horrible oncle

Aleister. Elle expliqua comment il gagnait de l'argent en vendant aux gens cupides et immoraux des créatures venues du royaume des ombres. Et comment l'équilibre des choses en était détruit ; et pourquoi sa mère – connue à Eidolon comme étant la reine Isadora – était tombée malade parce que ses sujets faiblissaient et mouraient dans ce monde.

En l'écoutant, M. Arnold parut d'abord perplexe, puis épouvanté. Dès qu'Ellie eut terminé, il dit tristement :

– Pourquoi ne m'as-tu rien dit, Lisa ? J'aurais compris. Du moins, j'aurais essayé.

Après une pause, il continua :

– J'avais peur que tu souffres d'avoir quitté ton pays pour vivre avec moi. Mais je croyais que tu serais triste, pas malade. Quand ta santé a commencé à décliner, j'ai d'abord pensé que tu avais la grippe, mais ensuite, le mal a empiré et j'ai compris que ce n'était pas ça...

Sa voix se brisa. Il se frotta le front.

– Tout est ma faute ! Si je ne t'avais pas éloignée de ton ancienne vie, rien de tout cela ne serait arrivé.

Des larmes brillèrent dans les yeux d'Isadora. Elle paraissait trop faible pour pouvoir dire quoi que ce soit.

Ignatius Sorvo Coromandel lécha la main d'Ellie.

– Dis-lui que s'il n'avait pas rencontré ta mère, ni Ben, ni toi, ni Alice ne seriez venus au monde. Et que sans vous, rien n'aurait pu rentrer dans l'ordre. Parfois, il faut qu'une situation frôle la catastrophe pour que les gens prennent conscience de son importance.

Eleanor Arnold transmit ces paroles à son père. Ensuite, elle lui dévoila le plan que Ben et Iggy avaient mis au point pour commencer à inverser la spirale descendante provoquée par la perte de vies et de magie.

– Oui, dit Mme Arnold, oui...

Elle se renversa sur ses oreillers en poussant un soupir, puis elle tomba une fois de plus dans un profond sommeil, qui parut moins agité qu'avant.

⟨ 19 ⟩

LES AMIS

Ben posa les coudes sur l'appui de l'étroite fenêtre et observa le monde inconnu qui s'étendait au-delà de la tour. C'était tout ce qu'il pouvait regarder, et tout ce qu'il pouvait faire pour oublier les gargouillements de son estomac. Il était enfermé dans la chambre des Roses depuis une journée entière et il n'avait rien mangé.

Que n'aurait-il donné pour avoir un plat de rognons au chou préparé par tante Sybil !

Cependant, il savait qu'il préférerait malgré tout un hamburger, du porc rôti, ou du poisson avec des frites, ou même (ce qui indiquait bien le degré de son appétit) une salade... Il essaya de penser à autre chose, mais il ne put chasser des visions de crème glacée, de gâteaux au chocolat, de pommes, ragoûts, œufs brouillés sur des toasts, puddings de Noël, chaussons à la viande accompagnés de pommes de terre et de carottes, et de toutes les choses délicieuses que sa mère avait l'habitude de préparer, avant de tomber malade. Tout cela dansait dans son imagination. Il en avait l'eau à la bouche.

– Ressaisis-toi, Ben Arnold ! s'admonesta-t-il. Sinon, tu vas bientôt baver.

– Tu le fais déjà.

La voix était presque inaudible. Ben s'essuya instinctivement la bouche et se retourna juste à temps pour voir quelque chose traverser la pièce à toute allure et disparaître sous le lit. Iggy avait dû laisser un cafard, espéra Ben. Puis il songea qu'il aurait préféré ne pas mourir de faim au point de songer à en manger. C'était déjà assez insupportable d'entendre des voix dans sa tête.

Son oreille droite le démangeait, aussi fit-il ce que son père lui déconseillait toujours de faire : il y enfonça un doigt pour soulager les démangeaisons. Quand il le retira, la voix dit :

– Quel garçon mal élevé !

Le son faiblit et s'évanouit. Mais quand Ben mit son doigt dans l'autre oreille, laissant libre celle de droite, il entendit une autre voix.

– Évidemment, il se croit bien trop supérieur pour parler à des êtres tels que nous.

Cette fois, la voix arrivait de l'angle, elle semblait sortir des toiles d'araignées qui pendaient du plafond. Ben regarda fixement. Il ferma successivement un œil, puis l'autre.

– Cesse de me faire des clins d'œil ! C'est très mal élevé !

De son œil gauche, il ne percevait que des voiles gris pâle. Mais de l'autre... C'était la plus grosse araignée qu'il eût jamais vue. Elle lui parlait. Ben n'avait jamais beaucoup aimé ces bestioles, en particulier la terrible tarentule que l'horrible cousine Cynthia avait possédée, celle qui s'était jetée sous les roues de la Jaguar de l'oncle Aleister.

Il se demanda si elle était venimeuse. Il avait certainement intérêt à être poli avec elle.

– Euh... bonsoir, dit-il nerveusement. Je m'appelle Ben. Ben Arnold.

– Je le sais. Me prends-tu pour un complet ignorantus ? Tu ne devrais pas juger les autres d'après toi-même.

Ben ouvrit la bouche pour protester, mais l'araignée ne lui en laissa pas le temps.

– Quel chambardement ! Personne ne m'a dérangée depuis des années, et voilà qu'en quelques heures seulement, j'ai vu défiler des petits garçons, des chats, des lutins, des cafards géants du Maroc, et des farfadets. Sans parler de *lui...*

– Lui ?

– Dogman, l'homme-chien.

– Tu veux dire Dodman ?

L'araignée fixa sur lui plusieurs de ses yeux très spéciaux, et Ben sentit profondément qu'elle le désapprouvait.

– Je sais ce que je dis, jeune homme, rétorqua-t-elle d'un ton guindé. Tu devrais apprendre à respecter tes aînés. En particulier ceux qui ont disparu de ton monde depuis des millénaires !

Ben fixa les yeux sur elle. Disparue ? Depuis des millénaires ? Cela signifiait-il qu'elle était morte et qu'il s'agissait d'une araignée-fantôme ? Elle ne paraissait pas morte, mais au contraire, d'une vivacité inquiétante. Et elle semblait prête à chaque instant à se laisser tomber sur sa tête et à lui aspirer le cerveau.

– Certains d'entre nous le nomment Dodman.

Cette déclaration venait de s'élever du sol. Ben eut l'impression d'être entouré d'une installation stéréo au volume très faible.

Le cafard sortit de sous le lit et s'immobilisa sur le sol dallé. Il paraissait nerveux, et son attitude indiquait qu'il pouvait retourner en toute hâte dans sa cachette d'une seconde à l'autre. Ben supposa qu'il surveillait du coin de l'œil – ou de plusieurs yeux – la réapparition d'Ignatius Sorvo Coromandel.

– Oh, qu'en sais-tu ? dit l'araignée d'une voix impatiente.

– J'ai connu ta grand-tante, répliqua le cafard, et ton arrière-grand-tante, et ton arrière-arrière-grand-...

– Très bien, j'ai compris ! dit l'araignée, de mauvaise humeur.

– Excusez-moi, intervint Ben, mais êtes-vous obligés de parler comme si je n'étais pas là ?

– Non mais, écoutez-le, celui-là ! À l'entendre, on le prendrait pour un prince !

Le cafard agita ses antennes, ce qui était peut-être un signe d'humour.

L'araignée se mit à rire, émettant un son aigu et grinçant, comme celui que l'on produit en passant un doigt sur une vitre mouillée.

— Quelqu'un m'a dit que *j'en étais un*, dit Ben d'un air triste.

Jamais il ne s'était moins senti dans la peau d'un prince.

— Naturellement. Tu ressembles à ta mère quand elle était jeune, déclara l'araignée. Sauf que tu es un garçon.

— Les mêmes cheveux, dit le cafard.

— Le même nez, renchérit l'araignée.

— Les mêmes yeux. Ou plutôt, le même œil...

— Arrêtez, s'il vous plaît ! s'écria Ben.

Tout cela était trop étrange. Il alla s'asseoir sur le bord du lit en prenant garde de ne pas écraser le cafard. C'était incroyable... Dire qu'il aurait dû le manger au dîner. Si les gens pouvaient entendre parler leurs repas, dans l'autre monde, les végétariens seraient probablement beaucoup plus nombreux, songea-t-il.

— Oh mon cher, reprit l'araignée, je crois que nous l'avons bouleversé. Remets-toi, mon garçon. Redresse le menton, comme ils disent. Nous autres, les araignées, n'avons pas trop tendance à utiliser cette expression. Tu comprends, nous n'avons pas de menton... Alors, quelqu'un t'a parlé de la prophétie ?

Ben leva sur elle un regard étonné et remarqua que les toiles avaient été tissées de façon compliquée. Ce devait être un travail long et minutieux. Tout cela pour capturer quelques mouches. Il regarda l'araignée d'un air pensif. Il valait mieux être prudent avec ce genre de créature.

– Il y avait une dryade, dans la forêt, finit-il par répondre. Elle m'a appelé « un des enfants de la prophétie ». De plus, M. Dodds a dit quelque chose au sujet du fait que j'étais un prince. Mais je ne comprends toujours pas ce que cela signifiait exactement.

L'araignée sortit de sa toile et, d'un mouvement élégant, se laissa glisser le long de son fil de soie. Une fois arrivée au sol, elle se détacha du fil et traversa la pièce en toute hâte, ses huit pattes se mêlant en une vision brouillée. Elle s'arrêta devant le placard, se faufila par la porte ouverte et disparut. Elle resta si longtemps invisible que Ben crut l'avoir vexée, mais elle finit par émerger en tirant quelque chose derrière elle. Si Ben s'attendait à voir un trésor, il fut déçu car ce n'était qu'un lambeau de vêtement.

– Oh, l'échantillon ! Je l'avais oublié, dit le cafard. Montre-le à ce garçon, montre-le-lui !

– Une seconde ! Cette chose est lourde !

L'araignée traînait le morceau de tissu, le déplaçant de quelques millimètres.

– Fais voir, dit Ben.

Il le prit dans les nombreuses pattes de l'araignée et le lissa sur son genou. En regardant de l'œil gauche, il vit un morceau de tissu blanc sale, de la taille d'un mouchoir, sur lequel étaient brodés des motifs qui s'enroulaient sur eux-mêmes, avec des fils de diverses couleurs. Il avait dû être joli, pensa Ben – bien qu'il ne fût pas très bon juge en matière de broderies – et la personne qui l'avait réalisé avait dû y passer un temps fou.

Cependant, en le regardant de l'œil droit, il se rendit compte que ce qu'il avait pris pour des motifs était en réalité des lettres qui s'entrelaçaient en une écriture très décorative. Il retourna le tissu et l'étudia. Des mots se formèrent sous ses yeux :

> *Deux mondes se rassemblent*
> *Deux cœurs battent à l'unisson*
> *Quand une époque est au plus sombre*
> *La véritable force doit se montrer*
> *Un et un font deux*
> *Et ceux qui feront trois*
> *Trois enfants à partir de deux mondes*
> *Assureront la liberté d'Eidolon.*

– Qu'est-ce que c'est ? demanda Ben.

Son cœur battait à grands coups, et il connaissait la réponse avant que l'araignée ne déclare :

– C'est la prophétie, mon garçon. Tu es l'un des trois. Ta mère a brodé ce tissu alors qu'elle était à peine plus âgée que toi. Elle était loin de savoir que la prophétie faisait allusion à ses propres enfants.

– Mais quel rôle Alice peut-elle jouer dans cette histoire ? demanda Ben.

C'était difficile d'imaginer comment Alice pourrait les aider.

– Ta petite sœur ? dit l'araignée.

Elle ne connaissait pas très bien les noms qui existaient dans l'autre monde.

Ben hocha affirmativement la tête.

– C'est encore un bébé, expliqua-t-il. Ellie est ma sœur aînée.

L'araignée et le cafard échangèrent des regards éloquents.

– Quelle est la couleur des yeux du bébé Alice ? s'enquit le cafard d'un air innocent.

Ben réfléchit. Alice dormait si souvent qu'il ne la voyait presque jamais les yeux ouverts. Il se concentra.

– Verts, je crois, finit-il par répondre.

– Et ta sœur Ellie ?

C'était facile. Ben revit son visage apparaître par l'ouverture de la cabane. Il était couvert de maquillage scintillant et de mascara qui lui faisait des cils pointus.

– Plutôt noisette.

– Voilà qui explique tout, déclara le cafard.

Ben fronça les sourcils.

– Pas pour moi, en tout cas.

– Ta-ta-ta ! s'exclama l'araignée dont l'espèce avait disparu. Tout le monde sait que les elfes ont les yeux verts !

– Oh !

Brusquement, tout cela prenait un sens, aussi bizarre fût-il. C'était par son œil vert que Ben voyait correctement Eidolon. Il imagina sa mère quand elle était une petite fille, ses grands yeux verts, si vifs, rivés sur sa broderie, son expression concentrée. Elle devait déjà se mordre la lèvre comme elle le faisait maintenant quand elle était absorbée par une tâche minutieuse. En rapprochant l'échantillon de son nez, Ben fut assailli par le parfum des roses anciennes. Il ferma les yeux et souhaita de tout son cœur se retrouver chez lui, et que rien de mauvais n'arrive dans ce monde ni dans l'autre.

C'est à cet instant précis que la pièce fut envahie d'une lumière rose et chaude.

– Oh, non, encore ! s'écria l'araignée, horripilée.

Le cafard courut se mettre à l'abri.

– Salut, Baguette ! dit Ben.

– Nous avons transporté Iggy de l'autre côté du lac, annonça le farfadet, tout excité. Maintenant, c'est à ton tour !

Ben n'était pas très emballé.

– Hum..., fit-il.

Contrairement à Ellie, qui passait plusieurs fois par jour sur la balance et pouvait dire au gramme près quel était son poids, il n'avait pas la moindre idée du sien. Cependant, il savait qu'il pesait beaucoup plus lourd qu'un chat, même un chat aussi gourmand qu'Ignatius Sorvo Coromandel.

– Je ne suis pas sûr que vous puissiez m'emporter...

– Pas t'emporter, coupa impatiemment Baguette d'un ton signifiant que Ben était le garçon le plus stupide des deux mondes. Tu n'as qu'à sauter et nager ! continua-t-il en indiquant la fenêtre.

– Tu plaisantes ?

– Plaisante ?

Ben ne se sentait pas capable d'expliquer la notion

de plaisanterie à un farfadet d'un autre monde ; il se contenta de dire :

– C'est hors de question !

– C'est le seul moyen pour que tu partes d'ici, s'obstina Baguette.

– Je ne sais pas nager.

Ce n'était pas la stricte vérité, aussi ajouta-t-il :

– Du moins, je ne suis pas capable de traverser un lac.

– Quelqu'un t'aidera.

Ben lui jeta un regard incrédule, puis il s'approcha de la fenêtre.

En bas, très loin tout en bas, le lac s'étendait, noir et luisant comme une nappe de pétrole. Ben frissonna. Qui savait quel genre d'horreurs se cachaient sous sa surface ? Probablement quelque chose comme le monstre du Loch Ness, ou d'effroyables Dents du Lac, ou encore un serpent de mer géant, peut-être aussi une effrayante créature préhistorique. Il secoua la tête et se retourna.

– Je ne voudrais pas paraître ingrat, mais je refuse.

– J'ai promis à Iggy de te ramener chez toi.

Le farfadet paraissait au bord des larmes (dans la mesure où les farfadets pouvaient pleurer). J'ai trouvé du renfort, ce qui m'a pris beaucoup de temps, et maintenant, tu refuses !

– Ben...

La voix semblait provenir de très loin. Elle se brisa dans l'air comme les vagues viennent se briser sur la grève, en un son ténu et mélodieux.

Ben retint son souffle. Il fit volte-face et se pencha à

la fenêtre aussi loin qu'il osa. Il y avait quelqu'un, ou quelque chose, dans le lac. Le clair de lune jouait sur sa tête pâle, sur les ondulations provoquées par ses mouvements.

Ben plissa les paupières. Cela ressemblait à un phoque...

Ou à une phoquie...

Un rire perlé flotta jusqu'à lui, et une nageoire lui fit signe.

– Je l'ai trouvée ! cria triomphalement Baguette. J'ai fait un plan, amené des amis !

La phoquie était Celle-qui-nage-dans-le-sentier-argenté-de-la-lune.

– Oh, Silver, je n'aurais jamais cru que j'allais te revoir !

– Te souviens-tu comment tu m'as rattrapée quand j'ai sauté de ce grand arbre, Ben ?

– Oui...

Il n'était pas très sûr d'aimer la tournure que prenait cette conversation.

– Je t'ai fait confiance et tu m'as sauvée. Eh bien, maintenant, c'est toi qui dois me faire confiance. Si tu sautes, je te sauverai et je t'emmènerai jusqu'au rivage.

Le moment était mal choisi pour se souvenir qu'en réalité, c'était un coup de chance qui avait sauvé Silver ; elle avait accroché son vêtement à une branche, ce qui avait ralenti sa chute. Mais entre la fenêtre du château et le lac, il n'y avait rien pour ralentir sa chute à *lui*. Strictement rien.

Baguette se mit à voleter derrière lui, éclairant toute la surface du mur de sa lumière chaude. Ben avait lu de nombreuses histoires dans lesquelles le héros franchissait un portail magique ; et voilà que c'était exactement l'apparence que la fenêtre venait de prendre. Cependant, il se trouvait déjà dans un autre monde, et l'idée de la franchir était vraiment terrifiante.

– Saute, Ben, murmura le farfadet.

– Pense à ta mère, l'encouragea le cafard.

– Pense à Eidolon ! cria l'araignée.

Le sang battant à ses tempes, Ben grimpa sur l'appui de la fenêtre. Haute et étroite, elle l'encadrait comme un cadre de photographie. Ben regarda une dernière fois en bas. La phoquie lui faisait signe. Il ferma les yeux. Puis, tel un somnambule au milieu d'un cauchemar, il fit un pas dans le vide.

20

LE CENTAURE

Il y eut un violent appel d'air et il sentit ses cheveux se dresser sur sa tête.

Au moment où il se disait que cette chute était une expérience très agréable, ses pieds touchèrent le lac et l'eau l'engloutit, comme aurait fait le monstre qu'il s'attendait à rencontrer. Il coula comme une pierre. Rien ne pouvait l'arrêter. L'eau glacée le compressait et lui entrait dans le nez. Il ne put s'empêcher d'ouvrir la bouche pour crier, donnant une voie de passage supplémentaire au liquide.

« Je vais me noyer, pensa-t-il, pris de panique. Je vais me noyer et personne ne le saura. »

Brusquement, quelque chose interrompit sa descente. C'était lisse, glissant, puissant. En quelques secondes, il fut emporté à vive allure contre la résistance de l'eau. Bientôt, sa tête émergea et il put enfin respirer.

Il se mit à tousser et à cracher. Ouvrant les yeux, il vit la tête de Silver. Il lui entourait le cou de ses bras. Les grands yeux sombres de la phoquie clignèrent et quand elle lui sourit, ses moustaches tressaillirent. Puis elle dit :

— Accroche-toi !

Et ils repartirent. Cette fois, Ben eut plutôt l'impression de voler que de nager. Il n'avait qu'à se tenir fermement à elle, et Silver faisait le reste, battant l'eau de ses puissantes nageoires.

La rive opposée du lac se rapprochait. Ben était sur le point d'éclater d'un rire victorieux quand un formidable aboiement déchira la nuit. Affolé, il se retourna, juste à temps pour voir la meute Gabriel franchir les remparts et se ruer ventre à terre dans leur direction.

— Oh non !

Silver regarda elle aussi. Ben vit ses yeux s'élargir, puis elle se remit à nager vers le rivage avec une énergie redoublée.

Cependant, Ben était incapable de détourner les yeux de cette meute spectrale, et de l'homme à tête de chien installé dans le chariot qu'elle tirait. La bouche de Dodman s'ouvrait sur un cri de fureur, ou d'exhortation, tandis qu'il conduisait ses aboyeurs du ciel. Le clair de lune luisait sur ses longues dents.

— Vite, Silver, vite ! cria Ben.

Mais une unique phoquie n'était pas de taille à rivaliser avec la rapidité de ces chiens de meute. Ils fondaient sur eux en hurlant, assoiffés de sang ; Ben se souvint qu'ils n'avaient pas été nourris. Il s'aplatit sur le dos de Silver.

— Retiens ton souffle, Ben ! cria celle-ci.

Il fit ce qu'elle lui demandait, et Silver plongea.

Ils descendirent dans l'obscurité glaciale, mais cette fois, Ben osa risquer un regard. De son œil gauche, tout était sombre et désolé ; mais lorsqu'il ouvrit le droit, le spectacle lui fit pousser un cri d'émerveillement. Ils nageaient au milieu des ruines d'une ville antique. Tout autour d'eux surgissaient comme des fantômes des tours détruites, des maisons abandonnées, des jardins dans lesquels les poissons filaient entre les squelettes d'arbres noyés. Cela lui rappela les aquariums de l'animalerie, avec leur végétation aquatique et leurs arcs en plastique imitant des ruines ; mais ce qu'il avait vu là-bas sous l'aspect d'une pauvre copie se déployait maintenant dans toute la splendeur imposante de l'original. Pendant un instant, Ben en oublia presque sa peur.

Au-dessus de leur tête, les couleurs arc-en-ciel de la meute spectrale se réfléchissaient à travers la surface du lac. Les poumons de Ben étaient près d'éclater. Pourvu que Silver n'oublie pas qu'elle avait un garçon humain sur le dos, et non quelque bizarre animal amphibie, pria-t-il silencieusement. Il enfonça les genoux dans ses flancs pour lui rappeler son existence et elle remonta, ondulant entre les vagues, une créature chez elle, dans son propre élément.

Ils se retrouvèrent à l'air libre, un peu en avant de la meute Gabriel. Ben se retourna et vit qu'ils allaient bientôt arriver sur la rive. Que ferait Silver, alors ? Il se rappela la lente transition qui s'était opérée pour qu'elle prenne forme humaine, et les difficultés qu'elle avait rencontrées pour marcher sur ses nageoires. Il ne pouvait pas laisser les chiens la rattraper ; elle se ferait déchiqueter...

– Silver ! cria-t-il, je peux nager maintenant. C'est vrai. Sauve-toi, plonge très profondément et va-t'en !

La phoquie ne dit rien. Au lieu d'obtempérer, elle vira brusquement sur le côté, et Ben faillit être rejeté de son dos. Il entraperçut les deux chiens de tête, à quelques mètres derrière eux, puis, curieusement, une zone boisée. Il crut voir une silhouette pâle se déplacer entre les arbres, mais la vision fut trop fugitive pour qu'il en soit sûr.

Soudain, Silver poussa son cri de phoque dans la nuit ; des hurlements lui répondirent. Ils ne provenaient pas de dessus ni de derrière, où se trouvait la meute Gabriel qui fonçait sur leurs talons, mais du rivage. Quand Ben regarda de nouveau, il vit quatre grands loups argentés émerger du bois, suivis de deux silhouettes plus hautes.

– Je dois te laisser ici, Benjamin Arnold ! cria Silver. J'aimerais venir avec toi, mais c'est impossible. Adieu, Ben, nous nous reverrons !

Elle roula doucement sur elle-même, de sorte que Ben se retrouva une fois de plus complètement immergé. Battant des bras et donnant des coups de pied, il sortit la tête de l'eau et continua de se démener. Il essaya de se rappeler ce que son professeur de natation lui conseillait chaque fois qu'il coulait à pic. Mais ce n'était pas en apprenant à nager dans une piscine, avec son eau bleue de rêve et ses couloirs bien tracés, qu'on était préparé pour échapper à une horde de chiens-fantômes féroces et à leur maître fou furieux. Cependant, il fit de son mieux. Une seconde plus tard, il toucha du pied le fond du lac. Il se trouvait à deux pas de la rive.

Soudain, quelque chose agrippa le haut de sa veste, et le tira en arrière. Il sentit un souffle chaud sur sa nuque.

— Ne tue pas ce petit prince sans importance ! commanda Dodman. Je le veux vivant !

Au même instant, les quatre loups géants que Ben avait aperçus sur la rive se jetèrent à l'eau, et il se retrouva en pleine bataille, entouré de museaux grondants, de dents jaunâtres, d'haleines fétides et de grognements furieux. La meute Gabriel donnait des coups de crocs en rugissant. Les loups hurlaient et mordaient. Ben crut qu'il allait se faire lacérer, mais quelques secondes plus tard, il entendit un petit gémissement de douleur et l'animal lâcha sa veste. Ben donna un coup de pied pour s'échapper et, avançant avec difficulté, se rendit compte qu'il pouvait tenir debout. Il se mit à courir dans l'eau peu profonde et se retrouva bientôt sur la terre ferme. Reprenant son souffle, il se retourna. Les chiens de la Meute Gabriel battaient en retraite, effrayés par leurs adversaires, bien que Dodman leur hurlât des ordres, debout dans le chariot. Les loups continuaient résolument la bagarre, l'eau étincelant sur leur fourrure en bataille. Ils étaient magnifiques. Ils ne ressemblaient en rien aux spécimens efflanqués que Ben avait vus en captivité au zoo.

– Viens avec nous, Ben ! dit une voix grave qui résonna à travers sa cage thoracique.

C'était l'homme aux ramures, qu'il avait vu au cours de son long et terrible trajet vers le château. Il se tenait derrière la ligne des arbres, sa belle tête surmontée de bois éclairée par la lune. Il avait à côté de lui une créature qui semblait sortir tout droit des livres de mythologie que Ben aimait tant. La moitié supérieure de son corps était celle d'un jeune homme au visage fier et délicat, aux yeux perçants. Une chevelure noire cascadait sur ses épaules et sur son torse brun et vigoureux. Mais à partir de la taille, il avait le corps d'un cheval puissant.

– Un centaure ! murmura Ben dans un souffle.

Il fixa sur lui un regard admiratif mêlé de crainte.

– C'est Patrocle, annonça l'homme aux ramures. Il fait partie du peuple des chevaux.

Le centaure avança. Il inclina la tête vers Ben, puis il s'agenouilla sur l'herbe.

– Ce serait un honneur pour moi d'emmener le fils de la reine Isadora en lieu sûr, déclara-t-il.

Ben ne savait pas très bien comment lui répondre, mais il serra un poing qu'il porta à sa poitrine, comme il avait vu faire un soldat romain dans un film. Ce geste lui paraissait approprié.

– Merci, Patrocle. Tout l'honneur est pour moi.

Avec agilité, il grimpa sur le dos du centaure.

Patrocle se releva et suivit l'homme aux ramures vers l'orée de la forêt.

Ben songea brusquement qu'en l'espace de deux jours, il avait successivement volé dans les airs avec un dragon, nagé avec une phoquie et chevauché un centaure.

Si tout cela n'avait pas été si dangereux et urgent, il se serait follement amusé.

– Filons avant que Dodman puisse nous suivre, déclara l'homme aux ramures.

Ben jeta un dernier coup d'œil par-dessus son épaule, juste à temps pour voir la meute Gabriel fuir devant les quatre loups blancs. Le chariot se brisa, et Dodman tomba dans les eaux troubles du lac dans un grand tournoiement de bras et de jambes, en poussant des cris de rage.

Ben éclata de rire.

Puis Patrocle partit dans un tonnerre de sabots, et Ben ne put rien faire d'autre que se concentrer pour éviter de tomber.

21

LE SEIGNEUR DU BOISSAUVAGE

Alors que la lune était arrivée au zénith, ils sortirent du bois. Ils trouvèrent la lande que Ben avait traversée quand il était captif. Le centaure se lança au triple galop. L'homme aux ramures courait à côté de lui à grandes enjambées, dévorant la distance sans effort. Leur ombre les accompagnait, s'étirant devant eux, pointue et allongée.

Ben ne cessait de regarder derrière lui.

– Je suis sûr que mes loups vont tenir Dodman en respect, affirma l'homme aux ramures.

Le clair de lune brillait dans ses yeux vert-noisette.

– Qui est Dodman ? demanda Ben, les mains agrippées à la crinière rude du centaure.

– Dodman, homme-chien, homme-mort, il a de nombreux noms, répondit l'homme aux ramures.

Les feuilles de ses bois bruissaient dans sa course. Ben ne voyait pas comment elles étaient fixées. Était-ce une espèce de vêtement ou faisaient-elles partie intégrante de lui ? Il n'aurait su le dire.

– Mais personne ne connaît son vrai nom, ni son origine, ce qui s'est avéré malencontreux. À une époque, ce n'était pas très important. Il n'a pas toujours été aussi puissant.

– Est-il devenu puissant quand ma mère est partie ? demanda Ben d'une petite voix.

Il avait l'affreuse impression que tout était sa faute à lui, ainsi que celle d'Ellie et d'Alice.

L'homme aux ramures hocha la tête.

– Il espérait l'épouser. Lui et le Vieux Monstre avaient passé une espèce de marché cruel. Mais le destin leur a joué un tour. Isadora s'est échappée de leurs griffes, bien qu'elle n'eût rien soupçonné de leurs intentions maléfiques. À ce moment-là, nous avons pensé que c'était une bénédiction, mais personne n'aurait pu prévoir les conséquences.

Ben frissonna. Que serait-il arrivé si sa mère s'était mariée avec M. Dodds ? Serait-il né avec une tête de chien, lui aussi ? Mais peut-être ne serait-il pas né du tout.

– Est-ce qu'il va vous punir ? demanda-t-il.

L'homme aux ramures se mit à rire.

– Dodman ne règne pas sur le Boissauvage. Il reste encore des endroits qui m'appartiennent.

– Mais si ma mère est la reine d'Eidolon, n'est-elle pas aussi la reine du Boissauvage ? demanda Ben, troublé.

– J'ai vu un millier de reines aller et venir dans Eidolon, répondit l'homme aux ramures sans rancœur ni vantardise. Ta mère est reine d'Eidolon, et elle est aussi ma reine, je lui dois amour et allégeance. Quant à elle, elle est heureuse d'avoir un ami qui garde les espaces sauvages.

– Avez-vous un nom ? demanda humblement Ben. Je ne sais pas comment vous appeler, ni comment vous remercier.

À ces mots, le centaure marqua sa joie en donnant une petite ruade et tourna la tête pour le regarder. Il lui adressa un clin d'œil.

– Il n'y a pas que Dodman qui ait plusieurs noms, dit-il. Lui, tu peux l'appeler l'homme aux ramures, Herne le Chasseur, l'Homme Vert, ou encore Cernunnos, Seigneur du Boissauvage.

Tout cela était un peu étourdissant. Ben choisit celui qui ressemblait le plus à un nom.

– Merci de m'avoir sauvé, Cernunnos. Mais comment avez-vous su que j'étais en danger ?

Le Seigneur de Boissauvage sourit.

– Un habitant de mes forêts est venu me chercher. Je crois que tu le connais : c'est un farfadet que tu nommes Baguette. Il m'a expliqué que tu l'avais sauvé de Dodman. Je pense qu'il faut rendre un bienfait par un autre.

Ben rougit de plaisir. C'était une chose qu'il avait souvent entendu dire par sa mère.

Ils furent bientôt de retour dans la forêt de Darkmere. Apparemment, ils n'étaient pas poursuivis.

Ils ralentirent et se mirent à marcher, autant pour se reposer que par nécessité car les arbres étaient denses, et leurs racines dangereuses, même pour les pieds les plus légers.

L'homme aux ramures les conduisit à travers un épais taillis de fougères, dont les crosses enroulées étaient alourdies par une espèce de champignon. Il secoua la tête.

— Ma forêt est devenue plus sombre et plus sauvage qu'avant, dit-il doucement.

Il passa ses doigts sur le tronc moisi d'une aubépine et porta la main à son nez.

— Quelque chose l'a rendue malade.

— Je crois, dit Ben d'une voix hésitante, que c'est parce que ma mère est malade. Dans l'autre monde.

Patrocle se retourna, les yeux élargis.

— Alors, la Dame n'est pas morte ?

Les doigts de Ben se crispèrent sur la crinière du centaure.

— Elle ne l'était pas quand je suis parti. Mais elle était vraiment très malade.

Une peur terrible s'empara de lui. Et si sa mère était morte depuis qu'il n'était plus auprès d'elle ?

— Je dois rentrer chez moi, dit-il, la gorge serrée.

— Nous nous en chargeons, dit solennellement Cernunnos. Tu es un enfant de la prophétie. Notre avenir est entre tes mains. Entre les tiennes et celles de tes sœurs.

C'était difficile d'imaginer Ellie, sans parler d'Alice, contribuant à la sauvegarde d'Eidolon, songea Ben. Mais depuis quelques semaines, le monde s'était révélé si inattendu que tout lui paraissait possible.

Ils continuèrent en silence sous les arbres. Ben se demanda lequel abritait la dryade qui avait si courageusement tenté de le protéger de Dodman. Il aurait aimé la revoir avant de partir. Cependant, il ne reconnaissait rien de ce qui l'entourait, et Cernunnos ne semblait pas disposé à faire un détour. Au contraire, il allait résolument de l'avant, foulant le sol de la forêt.

Ils avançaient maintenant dans une zone où les arbres étaient plus espacés. Soudain, le seigneur de Boissauvage leva les yeux et fronça les sourcils.

– Restez là, ne bougez pas ! dit-il.

Vif comme un daim, il s'élança dans le sous-bois en scrutant des yeux la voûte formée par les arbres. Il semblait chercher quelque chose au-dessus de lui.

Ben suivit son regard. Dans le ciel nocturne, il aperçut une forme mouvante, noire contre le disque de la lune. Il attendit en retenant son souffle, toutes sortes de scénarios terrifiants se mettant à tourner dans sa tête.

Patrocle le centaure racla impatiemment le sol d'un sabot avant.

– Nous sommes à une courte distance de la Vieille Pierre, déclara-t-il à voix basse. Ne t'inquiète pas, Ben, nous allons t'y emmener.

Il fit une pause, puis il ajouta :

– Ou nous mourrons en essayant.

Quelques instants plus tard, Cernunnos revint.

– C'était un lanceur de flammes, dit-il. Il est en quête de quelque chose. Les dragons sont une espèce très ancienne, et imprévisible. D'une manière générale, il vaut mieux les éviter que de courir le risque d'affronter leur colère.

Ben se rappela Zark en train de brûler les pneus de la Range Rover de tante Sybil.

– J'aime bien les dragons, dit-il doucement.

Au bord de la clairière où la route sauvage d'Aldstane avait recraché Ben, l'homme aux ramures s'arrêta, le nez au vent.

– Je n'aime pas ça, dit-il. Il y a des lutins par ici, je les sens.

– Ce doit être Bogie et Boggart, dit Ben. Ils travaillent pour mon oncle, ou le Vieux Monstre, comme on l'appelle ici. Je ne pense pas qu'ils aient vraiment envie d'être aussi ignobles que mon oncle le veut. Ils partaient avec lui pour capturer un autre dragon destiné à un client.

– Un client ?

Cernunnos fronça les sourcils.

– C'est une personne qui donne de l'argent en échange de quelque chose qu'elle veut posséder, expliqua Ben.

– De l'argent ?

Ben dévisagea l'homme aux ramures.

– Il n'y a pas d'argent dans le pays secret ?

Il sortit quelques pièces de monnaie de sa poche.

– Nous échangeons cela contre... toutes sortes de choses.

Patrocle examina les pièces.

– Est-ce que ça se mange ? demanda-t-il d'un air sceptique.

– Non.

Le seigneur du Boissauvage en prit une dans la main de Ben et l'examina. C'était une pièce de cinquante pence, toute neuve.

– Elle brille, finit-il par dire. Les pies doivent les aimer. On doit aussi pouvoir leur faire capter la lumière dans le lit d'un torrent.

Il réfléchit un instant.

– Quoique les galets aient de plus jolies couleurs. Alors, qu'est-ce que vous en faites ?

– Pas grand-chose, en réalité. On les accumule et on les passe à d'autres personnes.

– Le Vieux Monstre vient voler nos créatures en échange de ces objets ?

Ben acquiesça d'un signe de tête.

Le visage du seigneur de Boissauvage grimaça.

– C'est de la pure folie !

– Ma sœur et moi, nous essayons d'empêcher le Vieux Monstre et M. Dodds d'enlever la magie d'Eidolon, dit Ben.

Il espérait qu'Iggy avait rejoint Ellie et l'avait persuadée de faire ce qu'il demandait.

– Si nous y arrivons, maman devrait reprendre des forces, et si elle va mieux, Eidolon ira mieux aussi.

– La reine Isadora doit revenir vers son peuple, dit l'homme aux ramures d'un air sévère. Sinon, Eidolon va disparaître.

Ben resta silencieux. Il n'avait pas pensé que les choses iraient si loin. Tout ce qu'il avait imaginé, c'est que sa mère pourrait recouvrer la santé. Mais que feraient-ils, lui, son père et ses sœurs, si elle devait les quitter à jamais ?

Alors qu'ils approchaient de l'entrée de la route sauvage, il se sentit brusquement très malheureux. Curieusement, la partie eidolonienne qui était en lui répugnait à partir, malgré le fait que le monde magique fût saccagé et périlleux. Mais il souhaitait surtout ne pas être obligé de rentrer chez lui pour affronter la terrible vérité. Cependant, il devait le faire, il le savait bien.

Il se laissa glisser du dos du centaure. Puis, redressant les épaules, il toucha la grosse pierre qui était le double de la pierre d'Aldstane Park et regarda ses mains passer dans une autre dimension.

Au-dessus de leur tête se produisirent de grands battements d'ailes.

– Cours ! cria une voix qui venait d'en haut. Il arrive ! Engage-toi immédiatement sur la route sauvage !

Au lieu d'obtempérer, Ben leva les yeux vers le ciel nocturne.

– Zark ! C'est toi ?

En guise de réponse, il n'y eut qu'une langue de feu qui déchira l'air. Sa lumière flamboyante révéla Dodman dans le chariot restauré, tiré non seulement par les chiens de la meute Gabriel mais aussi par quatre loups argentés. Les loups étaient trempés. Ils paraissaient terrifiés et anéantis. Ils laissaient pendre leur tête et cachaient leur queue entre leurs pattes. Dodman avait réussi par un moyen quelconque à les dominer, à les asservir et à les intégrer à sa horde sauvage.

Cernunnos et Patrocle échangèrent un regard d'effroi. L'expression du seigneur de Boissauvage terrifia Ben. Les événements venaient de prendre une tournure inattendue, et effrayante. Si M. Dodds pouvait s'assujettir les grands loups argentés, c'est qu'il avait des pouvoirs encore plus importants que l'homme aux ramures ne l'avait soupçonné.

– Pars, Ben ! cria Cernunnos. Prends la route sauvage. Nous assurerons tes arrières !

Mais Ben hésitait encore.

– Ne vous mettez pas en danger pour moi.

Il se rappela la façon dont Xarkanadûshak avait été réduit à un état de loque. Il ne pouvait pas supporter l'idée que le seigneur de Boissauvage et le fier centaure subissent le même sort.

– Si nous ne lui résistons pas maintenant, tout va échouer, dit tristement l'homme aux ramures. Dodman n'est pas encore prêt à m'affronter. La seule chose qu'il ose faire, c'est réduire mes loups en esclavage. Nous réglerons nos comptes, mais l'heure n'est pas encore venue. Bien que Dodman fasse une grande démonstration de force, il ne va pas s'en prendre à moi. De toute façon, quoi qu'il arrive ici, tu ne dois pas en être témoin, Ben. Retourne dans ton monde et fais ce que tu peux.

Sur ces mots, il poussa Ben de toutes ses forces sur la route sauvage.

22

LA VIEILLE PIERRE

Tandis qu'il culbutait dans l'étrange environnement du passage entre les deux mondes, Ben n'éprouva aucun soulagement, rien que du désespoir. Il avait laissé les autres livrer ses batailles dans le pays secret, comme il l'avait fait dans l'autre monde, celui qui était le sien. Il avait encore beaucoup de chemin à parcourir s'il voulait devenir un héros, jouer son rôle en réalisant la prophétie selon laquelle il allait assurer la liberté d'Eidolon.

Bientôt il se mit à tomber, mais avant qu'il n'ait pu se préparer à atterrir, il heurta le sol avec un bruit sourd, ce qui lui coupa le souffle.

– Waouh !

Il se remit vivement sur ses pieds, s'essuya les mains et les genoux. En arrivant, il avait heurté d'une épaule la Vieille Pierre, et il avait très mal. Il ne voyait pas pour quelle raison cette partie du bras s'appelait en anglais « l'os rigolo ». Cependant, une partie de son cerveau lui rappela que l'os du bras était l'humérus. Humérus, humour... cela n'avait toujours rien de drôle.

De plus, l'heure était grave, ce n'était pas le moment

de faire des jeux de mots. Regardant autour de lui, Ben
ferma l'œil gauche, l'ouvrit et ferma le droit. Cela ne faisait aucun doute : il était de retour dans son monde car
il voyait la même chose d'un œil comme de l'autre. Il se
trouvait dans Aldstane Park.

Il entendit des cris, et des pas précipités. Le sous-bois
bruissait de façon inquiétante. Ben se demanda s'il
n'était pas tombé dans une situation pire que celle qu'il
venait de laisser derrière lui. Soudain, en un clin d'œil,
une demi-douzaine de lutins surgirent des rhododendrons.

En le voyant, les deux qui se trouvaient en tête recu-
lèrent.

— C'est le garçon, dit celui que Ben connaissait sous
le nom de Bogie.

— Il s'est échappé ! s'écria Boggart.

— Quel garçon ?

— Le garçon-elfe, le fils de la reine.

Les quatre autres lutins se serrèrent derrière Boggart
et Bogie.

— Il ne ressemble pas à un elfe, dit l'un.

— Il n'est qu'un demi-elfe.

— Peut-on manger la moitié garçon ? demanda un
autre.

— Non, répondit Bogie. Il te ferait disparaître.

Ben était bien persuadé qu'il était incapable de faire
disparaître qui que ce soit, mais il affirma cependant :

— J'ai fait disparaître Dodman et je vous ferai disparaître aussi si vous vous approchez de moi.

– Il a fait disparaître Dodman ?

Les lutins devinrent silencieux. Puis ils se concertèrent, parlant avec des voix grincheuses mais trop basses pour que Ben puisse comprendre ce qu'ils disaient. Il prit conscience que les pouvoirs spéciaux qu'il avait pu avoir à Eidolon, quels qu'ils aient été, l'avaient abandonné. Cependant, s'il trahissait le moindre signe de peur, les lutins allaient probablement le mettre en pièces. Il entendait encore Boggart supplier M. Dodds de lui donner un morceau du « délicieux petit garçon tout frais ». Il chassa ce souvenir avant que ses jambes ne se mettent à trembler.

Un des lutins s'avança vers lui.

– Laisse-nous partir, dit-il. Si tu nous laisses retourner dans notre forêt par la route sauvage, nous ne reviendrons pas.

– Et votre travail pour le Vieux Monstre ?

Boggart montra ses petites dents pointues et répondit d'une voix sifflante :

– Nous ne voulons plus travailler pour lui. Méchant dragon...

Ben l'observa plus attentivement. Le lutin était blessé. Dans la pénombre, c'était difficile à voir, mais le bras qu'il serrait contre son torse était ratatiné, comme s'il avait été brûlé.

– Ça t'apprendra à voler les créatures du royaume des ombres, dit Ben d'une voix sévère.

– Qu'est-ce ça veut dire, voler ? demanda Bogie.

Apparemment, aucun de ses compagnons ne le savait. Ils haussèrent les épaules en faisant des grimaces.

– Cela signifie prendre ce qui ne t'appartient pas, expliqua Ben.

Il avait l'impression d'être un instituteur assez pompeux.

Ils parurent perplexes.

– Mais un dragon n'appartient à personne ! objecta Boggart.

Ben ne trouva rien à redire à cela.

– Vous n'exécuterez plus les ordres du Vieux Monstre, vous me donnez votre parole ?

– Quelle parole ?

C'était désespérant.

– Que ferez-vous si je vous laisse partir ?

Bogie tourna les yeux vers Boggart.

– Nous mangerons des champignons vénéneux, suggéra-t-il.

– Nous sauterons dans les mares, nous poursuivrons les poissons.

– Nous taquinerons le minotaure, dit un autre.

– Non, non, pas ça ; souvenez-vous de ce qui s'est passé la dernière fois, leur rappela un autre lutin.

Ben en avait le vertige.

– Bon, vous pouvez y aller ! dit-il en s'éloignant de la pierre.

Il se demanda ce qu'ils allaient trouver de l'autre côté ; ils n'étaient pas assez courageux pour s'engager dans une quelconque bataille, songea-t-il.

Ils s'approchèrent prudemment, sans détourner de Ben leurs petits yeux rusés.

Il fut frappé par une idée.

— Hum, dit-il, où se trouve oncle Alei... le Vieux Monstre ?

Les yeux élargis, Boggart regarda derrière lui.

— Derrière toi ! dit-il.

Et il sauta sur la route sauvage.

Ben fit volte-face, s'attendant à voir l'horrible vieillard tapi dans son dos, avec ses dents et ses griffes démesurées. Mais à sa place, il vit l'horrible oncle Aleister, vêtu d'un élégant costume et d'une longue gabardine. Il était échevelé, comme s'il sortait d'une bagarre. Sa cravate était de travers, sa chemise à rayures déchirée, et du sang avait coulé de son nez sur son col. Il posa sur Ben un regard haineux.

— Écarte-toi de mon chemin, sale vermine !

— Non ! répliqua Ben en faisant de son mieux pour paraître plus téméraire qu'il n'était.

— Dans ce cas, je n'ai plus qu'une chose à faire : te ramener avec moi ! déclara l'oncle Aleister. Et cette fois, tu ne t'échapperas pas, je te le promets ! Dodman et moi allons nous occuper de toi une bonne fois pour toutes !

Il se mit à rire.

— Maintenant que j'y pense, c'est ce que nous aurions dû faire dès le début. Moins il y aura d'enfants d'Isadora, moins il y aura de possibilités que cette ridicule prophétie se réalise !

Il marcha vers Ben d'un air menaçant.

Ben s'esquiva derrière la Vieille Pierre.

– Ne m'approche pas ! cria-t-il.

– Boggart ! Bogie ! Brimstone ! Bosko ! Beetle ! Batface !

Aucun des lutins ne répondit à son appel.

Des lumières bleues zébrèrent le ciel, illuminant les taillis d'une lueur pâle, inquiétante. Ben entendit des sirènes.

– C'est la police ! s'écria-t-il.

– Je sais que c'est la police, espèce de crétin. Sinon, pourquoi essaierais-je de m'échapper dans le royaume des ombres ? Maintenant, laisse-moi passer !

Mais Ben hurlait :

– Par ici ! Par ici !

L'horrible oncle Aleister se jeta sur lui.

– Sale petit empêcheur de tourner en rond ! Je vais te faire dévorer par un *Tyrannosaurus rex*.

Il saisit Ben par les épaules et le poussa brutalement vers la route sauvage.

– Vous n'auriez pas envie d'y aller, dit Ben, si vous saviez que l'homme aux ramures vous attend de l'autre côté. Ses loups sont là, eux aussi, avec un centaure.

Il ne crut pas nécessaire d'expliquer qu'en réalité, les loups étaient en ce moment harnachés au chariot de Dodman.

L'oncle Aleister parut effrayé. Puis il cravata Ben et, de l'autre main, fouilla dans sa poche. Il en sortit un petit couteau pointu qu'il appuya contre le cou de Ben.

– Un mot de plus, menaça-t-il, et je te transforme en chair à pâtée.

Il passa la tête dans l'entrée de la route sauvage et tendit l'oreille.

Quand il la retira, ce fut une fois de plus la tête du Vieux Monstre qui apparut, chauve et blafarde, les sourcils menaçants au-dessus des yeux enfoncés et luisants, les dents jaunes, irrégulières, semblables à des crocs – ce qui donnait une nouvelle signification à l'expression « avoir les dents longues », songea Ben en regardant la métamorphose s'inverser progressivement.

– On dirait que tu n'as pas encore appris à mentir, Benjamin Arnold, dit l'oncle Aleister. Tu possèdes une trop grande quantité du précieux sang de ta mère.

Il entraîna Ben, qui se débattait, dans les buissons et lui plaqua le dos contre un arbre.

Ben vit les lumières bleues devenir de plus en plus brillantes. Maintenant, les sirènes paraissaient très proches. La police devait être entrée dans le parc. Des portières de voiture claquèrent, puis Ben entendit quelqu'un arriver en courant dans le sous-bois.

– Par là ! cria un homme. Il est parti de ce côté !

Des lampes torches tremblotèrent entre les feuilles.

Bientôt, un policier pénétra dans la clairière, tout près de la Vieille Pierre. Ben se tortilla, mais Aleister le tenait fermement, et le policier finit par s'en aller. Profitant d'un léger relâchement de son oncle, Ben libéra sa tête et planta ses dents dans la main qui tenait le couteau. Il mordit si fort que l'horrible oncle Aleister poussa un juron. Le couteau tomba par terre. Ben prit une inspiration pour crier au secours, mais son oncle lui colla une main sur la bouche et le nez. Il sentit du sang goutter sur son visage. Il ne pouvait plus respirer.

Alors qu'il se croyait sur le point de s'évanouir, il entendit l'oncle Aleister pousser un petit grognement, comme s'il était surpris. Une vrille de lierre s'était enroulée autour de sa main, qui commença à s'éloigner du visage de Ben. Quelques secondes plus tard, Ben se rendit compte qu'il pouvait de nouveau respirer, puis qu'il pouvait bouger. Dans un effort désespéré, il s'extirpa de la poigne de l'horrible oncle Aleister. Il tourna la tête vers lui pour s'assurer qu'il ne pourrait pas le suivre. Ce qu'il vit le laissa bouche bée.

L'arbre contre lequel ils s'appuyaient quelques instants plus tôt enveloppait les jambes et les bras de son oncle, le clouant au tronc. Du lierre s'enroulait autour de sa tête et de son torse, lui liait les bras sur les côtés. Sous le choc, l'horrible oncle Aleister avait les yeux exorbités de fureur.

Au-dessus de sa tête, une seconde tête apparut. Ben retint son souffle. Celle-ci avait des traits fins et une chevelure délicatement ondulée, de la même couleur que l'arbre dans la peau duquel elle se trouvait.

— C'est vous, dit-il, ébahi.

— Je n'ai pas pu te sauver dans la forêt de Darkmere, je devais me rattraper, déclara la dryade en tenant si serré l'horrible oncle Aleister qu'il frissonna de terreur.

Si nous voulons sauver Eidolon, chacun de nous doit faire le maximum.

— Vous êtes venue par la route sauvage sans même savoir ce que vous trouveriez de l'autre côté ?

— Je t'ai suivi. Le seigneur du Boissauvage m'a vue partir. Je suppose qu'il était content que tu ne sois pas seul.

Ben était étonné par son courage.

— Je rentrerai dès que ce scélérat sera arrêté et que j'aurai la certitude que tu es en sécurité. Les arbres d'ici ont gardé un peu de la magie du pays secret, qui doit avoir coulé par le passage entre les deux mondes. Tout ira bien pour moi, pendant un certain temps.

Elle serra si fort son prisonnier que l'air sortit d'un seul coup des poumons de l'horrible oncle Aleister, dont le visage commença à virer au rouge foncé.

Mais il méritait bien ce traitement, songea Ben. Au lieu de prier la nymphe sylvestre de desserrer son étreinte, il sourit.

— Merci, dryade. Je crois que vous êtes la personne la plus courageuse que j'aie jamais rencontrée. Ma mère serait fière de vous.

Puis il mit ses mains en porte-voix.

— Police ! Venez ici ! Venez ici !

Quelques instants plus tard, deux officiers de police en uniforme arrivèrent au pas de charge, des menottes à la main.

— Au secours ! cria l'oncle Aleister d'une voix rauque.

L'arbre le terrifiait par-dessus tout.

– Aidez-moi ! Cet arbre veut me tuer !

Les policiers échangèrent des coups d'œil. Puis le sergent leva sa lampe torche sur son visage.

– C'est un cinglé, dit-il à son collègue. Un vrai cinglé.

Il regarda Ben.

– Ça va, fiston ? Il ne t'a pas fait de mal ?

– Pas vraiment.

Du coin de l'œil, Ben vit la dryade disparaître dans l'arbre, laissant les policiers arracher l'oncle Aleister au lierre.

– Ben !

Ben se retourna.

– Papa !

M. Arnold arrivait à toutes jambes.

– Oh, Ben, tu es sain et sauf !

Il l'étreignit aussi fort que la dryade. Ben craignit sérieusement pour ses côtes.

– Je vais bien, papa, je t'assure ! finit-il par dire d'une voix étranglée.

Ils regardèrent les policiers emmener l'horrible oncle Aleister après lui avoir passé les menottes. Celui-ci fusilla M. Arnold du regard tandis qu'ils le mettaient hors d'état de nuire.

– Dodds va venir s'occuper de toi et de ta famille, Clive, gronda-t-il. Et quand il viendra, ce n'est pas un petit coup sur le nez, comme celui que tu m'as donné, qui l'arrêtera.

– Ça fait mal ? s'enquit M. Arnold d'un air innocent.

Il remarqua avec satisfaction le sang et les bleus sur son visage.

– Je porterai plainte contre vous ! promit l'horrible oncle Aleister d'une voix hargneuse.

Le sergent le regarda en relevant un sourcil.

– Vraiment ? Je ne me souviens pas avoir vu M. Arnold vous frapper. En revanche, nous vous avons vu foncer droit sur cet arbre. Pas vrai, Tom ?

L'autre policier acquiesça d'un vigoureux hochement de tête.

– Vous feriez mieux de faire attention où vous mettez les pieds, la nuit.

– Merci pour votre assistance, monsieur Arnold, dit le sergent. Je suis heureux que votre fils soit sain et sauf. Peut-on vous déposer chez vous ?

Ben secoua la tête et leva les yeux sur son père.

– Nous pouvons rentrer en marchant, hein, papa ? Nous avons un tas de choses à nous raconter.

M. Arnold sourit.

– Tu l'as dit !

Ils cheminèrent jusqu'au massif de rhododendrons et regardèrent les policiers faire monter l'oncle Aleister à l'arrière d'une voiture. Puis les véhicules sortirent lentement du parc après avoir mis en route leur gyrophare, qui lança des éclairs bleus.

– Rentrer à pied ? dit une voix dans l'obscurité. Oh, je crois que c'est une chose que nous *ne pouvons pas* accepter.

Effrayés, Ben et son père se retournèrent lentement.

M. Arnold retint son souffle.

Mais le sourire de Ben était si large qu'il menaçait de lui séparer le visage en deux.

Au-dessus de leur tête, deux dragons aux couleurs somptueuses tournoyèrent, les ailes déployées, avant de se poser.

– Zark ! s'exclama Ben.

– Je te présente Ishtar, mon épouse, dit Zark.

Ishtar atterrit doucement devant eux. Ses écailles composaient une fabuleuse tapisserie de bleus, d'ors et de pourpres, alors que celles de son mari avaient la couleur des flammes.

– Re-bonjour, Ben, dit Ishtar.

Brusquement, Ben comprit que c'était elle qu'il avait vue de l'autre côté de la route sauvage. Il l'avait prise pour Zark dans les ténèbres et la panique des dernières minutes passées à Eidolon.

– Bonjour ! dit-il dans un souffle, impressionné par sa présence. Que faites-vous ici ?

– Nous avons été très occupés, dit Zark en bombant fièrement le poitrail.

Une vapeur sortit de ses naseaux, suivie d'un mince filet de flammes.

– Nous avons volé au secours de ceux que Dodman a enlevés d'Eidolon. Nous avons déjà ramené une demi-douzaine de tigres à dents de sabre, un bébé mammouth, quelques satyres et un petit stégosaure. Hier soir, le Vieux Monstre et ses lutins se sont emparés de notre ami Zoroastre et l'ont emmené par la route sauvage, aussi nous venons le libérer.

273

Ben répéta les paroles de Zark à son père. M. Arnold regardait fixement le dragon.

— À mon avis, son ami doit déjà être parti. La moitié de King Henry Close s'est envolée en fumée. Un des voisins d'Aleister a bafouillé quelque chose au sujet d'un dragon complètement déchaîné qui serait sorti d'un camion garé devant la maison. Naturellement, personne ne l'a cru !

Il sourit.

— Bien, maintenant, j'ai tout vu. Quelle belle histoire à raconter à ta mère !

— Comment va-t-elle ? demanda anxieusement Ben.

Son père fronça les sourcils.

— Pas très bien.

Puis il sourit de nouveau.

— Mais elle est fermement décidée à rentrer à la maison. On lui a dit qu'elle pourrait sortir de l'hôpital dans un ou deux jours.

C'était un bon début. Ben poussa un soupir de soulagement.

— Ne traînez pas par là, dit Zark impatiemment.

Il inclina une aile vers Ben, qui grimpa avec précaution sur son dos.

— Pas trop haut ! dit-il.

Ishtar fit de même avec M. Arnold.

— C'est un honneur de transporter le père du prince d'Eidolon, affirma-t-elle.

— Hein ?

Il ne comprenait pas le langage des dragons, mais il grimpa tout de même.

– Hein ? Hi-han, fait l'âne ! dit Ben en riant.

Les dragons s'élancèrent au-dessus d'Aldstane Park et s'envolèrent vers les premières lueurs scintillantes de l'aube.

ÉPILOGUE

Deux jours plus tard, la mère de Ben, connue dans un monde sous le nom de Mme Arnold, dans l'autre sous celui de reine Isadora, rentra dans sa famille. Elle portait Alice dans ses bras. Pour la première fois depuis plusieurs mois, elle réussit à marcher de la voiture à la maison, en longeant le petit sentier du jardin. Elle arriva sous la bannière de Bienvenue que Ben et Ellie avaient suspendue le matin même au-dessus de la porte d'entrée.

M. Arnold referma la porte derrière elle.

– Nous voilà de nouveau tous réunis, dit-il avec un sourire radieux.

Mme Arnold tourna la tête vers lui pour qu'il l'embrasse. Elle avait les joues roses, remarqua Ben, et ses yeux étincelaient.

– Merci, mes chéris, dit-elle. Merci pour votre courage. Je sais ce que vous avez fait pour moi et...

Elle fit une pause.

– ... pour Eidolon.

M. Arnold contempla ses pieds, puis il eut un sourire

forcé. Il accompagna sa femme jusqu'au canapé avant d'aller lui préparer une tasse de thé.

– Installe-toi bien, dit-il. J'ai quelque chose à te montrer.

Il apporta la *Gazette de Bixbury*, et l'étala sur la table du salon.

– Regarde, dit-il avec fierté. C'est là, en première page.

UN DANGEREUX TRAFIC D'ANIMAUX DÉMANTELÉ, annonçait le gros titre. Et dessous :

L'animalerie Dodds, dans Bixbury Street, était une couverture pour la vente illégale d'animaux.

Hier, elle a été le théâtre d'importantes investigations. La police avait été prévenue par notre reporter Clive Arnold de la présence d'animaux dangereux livrés en toute illégalité dans le magasin et à diverses adresses privées de la ville. La police ne veut pas parler de la nature précise de ce qu'elle a trouvé, mais le commissaire David Ramsay a déclaré : « Croyez-moi, ce ne sont pas des animaux que nous aimerions voir rôder en liberté dans les rues de Bixbury. Les conséquences pourraient être désastreuses. Vraiment désastreuses. »

Ces animaux – parmi lesquels se trouvent plusieurs grands prédateurs, quelques mammifères marins et ce qui doit être un alligator géant – étaient maintenus dans des conditions sordides, insalubres. Nombre d'entre eux mouraient de faim et d'autres étaient à moitié morts après avoir subi l'épreuve du transport. Tous ceux qui ont été retrouvés sont maintenant en sécurité dans leur pays, a déclaré un porte-parole de la police. D'autres policiers vont être mobilisés dans le reste du pays pour récupérer les animaux vendus avant la perquisition.

Pour l'instant, la police ignore où est le propriétaire de l'animalerie, M. A.E. Dodds. Toute personne sachant où il se trouve est priée de contacter la police de Bixbury sans attendre. Le public ne doit pas s'approcher de lui car il risque d'être armé et il doit être considéré comme une personne particulièrement dangereuse.

En attendant, son associé, M. Aleister Creepie, a été mis en garde à vue et répond aux questions de la police. Demain, il sera accusé d'avoir contrevenu à douze articles de la loi sur les animaux dangereux. Son épouse Sybil (43 ans) et sa fille Cynthia (14 ans) ont été entendues mais elles ont été libérées après une nuit de garde à vue et une forte dose de gémissements.

« L'animalerie sera fermée pour une durée indéterminée », a ajouté le commissaire Ramsay.

« La police et les habitants de Bixbury ont une dette envers M. Arnold. Ils lui sont reconnaissants d'avoir fait son enquête dans ce commerce détestable. Sa persévérance et son courage ont sans aucun doute permis de sauver de nombreuses vies. »

– C'est le rédacteur en chef qui l'a écrit, dit M. Arnold. Il était tellement content de ce scoop ! De plus, Lisa, il m'a nommé rédacteur en chef adjoint !

– Bravo, Clive !

Elle lui pressa la main.

– Tu es mon héros !

Ben et Ellie se regardèrent. Ellie roula les yeux.

– Bon sang, dit-elle. S'ils commencent à faire leur cinéma à l'eau de rose, je vais regarder la télé.

Mais le journal du soir rendait compte lui aussi de l'événement. Il diffusa plusieurs reportages sur des animaux étranges repérés dans la région.

– Il y en a beaucoup à retrouver, dit Ben.

Il sourit.

– On va bien s'amuser.

– Je ne commence pas tout de suite, dit Ellie. Je monte dans ma chambre me faire les ongles.

Ben la suivit.

– Moi, je vais jouer avec mon chat.

– Ce n'est pas « ton » chat, rétorqua Ellie.

– Ce n'est pas le tien non plus.

– Les chats n'appartiennent à personne, dit une voix.

Derrière la porte de la chambre de Ben apparut un petit chat noir et brun aux yeux dorés et brillants. C'était Ignatius Sorvo Coromandel.

– Cependant, ils veulent bien vous faire croire qu'ils vous appartiennent, tant que vous les nourrissez, ajouta-t-il d'un ton plein d'espoir.

Ben et sa sœur éclatèrent de rire.

Le lendemain matin, Ben tira ses rideaux et regarda par la fenêtre. Le monde semblait plus prometteur qu'une semaine plus tôt. Partout, les couleurs paraissaient un peu plus vives et les oiseaux chantaient un peu plus fort.

Iggy quitta sa position lovée, au pied du lit de Ben, et vint se poster à côté de lui. Un merle particulièrement bruyant chantait sur le portail du jardin. Iggy le fixait d'un œil perçant.

– Comment oses-tu faire un boucan pareil ? Tu m'as réveillé ! Je t'attraperai ! promit-il en grondant à travers la vitre.

– J'en doute, dit Ben.

Il tapota la vitre pour effrayer l'oiseau, mais celui-ci ne s'éleva que de quelques centimètres au-dessus du portail. Il battit désespérément des ailes et retomba, essayant de s'arracher à la ficelle qui le retenait. Ben fronça les sourcils. Qui pouvait avoir attaché ce merle au portail ?

Il jeta un manteau par-dessus son pyjama et dégringola l'escalier. Ignatius Sorvo Coromandel bondit à son côté.

– Je te préviens, tu ne vas pas le manger, dit Ben. Ce ne serait pas juste.

– En amour comme à la guerre, tous les coups sont permis, rétorqua joyeusement Iggy.

Cependant, ce n'était pas un merle, mais un mainate. Il regarda Ben de ses yeux noirs en forme de boutons. Puis il regarda le chat et poussa un cri rauque en ouvrant largement son bec orange vif.

– Dodman vous envoie son bon souvenir, déclara-t-il d'une voix bizarre, mécanique, comme s'il avait appris ces mots par cœur. Squarrrk !

– Quoi ? dit Ben, horrifié.

– Il vient chercher ta mère. Squarrrk ! Il va l'emmener et, en lui volant son pouvoir, il va détruire toute la magie du monde. Tu ne pourras rien faire pour l'en empêcher ! Il viendra quand tu t'y attendras le moins, et si tu te mets en travers de son chemin, il te tuera. Squarrrk !

Il inclina la tête vers Ben et sautilla d'une patte sur l'autre.

– Enlève cette satanée ficelle, mon pote ! demanda-t-il. J'ai fait mon devoir, j'ai délivré le message.

Il jeta un regard dur à Iggy de son œil brillant cerclé d'orange.

– Tu ne vas pas laisser ce félin m'attraper, hein, mon pote ? Je n'aime pas la façon dont il me regarde.

– Le chat ne te fera pas de mal, dit Ben d'un ton sévère. Dis-moi qui t'a donné ce message et ce qu'il signifie, et je te détacherai.

L'oiseau l'observa, la tête penchée.

– Bien, tu parais honnête, finit-il par déclarer. C'est M. Dodds lui-même qui m'a donné ce message, et si tu connais Dodman, tu sais qu'il pense ce qu'il dit.

Une chape d'anxiété tomba sur les épaules de Ben.

– Iggy, cours chez moi voir si ma mère va bien !

Le chat revint au bout d'une minute.

– Elle dort, dit-il en bâillant à s'en décrocher la mâchoire. C'est ce que tout le monde devrait faire à cette heure matinale.

Il fixa ses yeux d'ambre sur le mainate. Inquiet, l'oiseau se mit à sautiller.

– Allez, mon pote, dit-il à Ben. Détache-moi, sois juste. Ne tue pas le messager.

– Porteras-tu un message à ton maître ? demanda Ben.

L'oiseau posa ses yeux ronds sur lui.

– Si tu me détaches, promit-il avec un manque de sincérité total.

– Très bien. Dis à Dodman... que le prince d'Eidolon lui envoie son meilleur souvenir, et un avertissement. Dis-lui de laisser ma mère tranquille... sinon, sinon... finit-il d'une voix faible.

Il ne savait plus quoi dire.

– Est-ce que tu as compris ?

L'oiseau émit un son qui pouvait faire penser qu'il réfléchissait, puis il répéta le message, mot pour mot.

– Parfait, dit Ben.

Il dénoua la ficelle qui reliait l'oiseau au portail. Le mainate s'envola à coups d'ailes maladroits dans le ciel du matin.

– Sinon, sinon... ? répéta Iggy d'un ton de dérision. Pour une menace, c'est une menace !

Les yeux plissés, il regarda le mainate s'éloigner.

– Je sais, dit Ben en soupirant. Je ne voyais pas du tout ce que je pouvais dire. Peut-être a-t-il menti. Peut-être a-t-il tout inventé.

Mais au fond de son cœur, il savait que c'était faux. De nouveau, une ombre obscurcissait son monde. Il avait pourtant espéré qu'elle avait disparu.

– Oh, Iggy, Dodman est venu. Il est venu chez nous. Il sait où ma mère habite. Il a menacé de venir la chercher. Il faut l'en empêcher une bonne fois pour toutes.

Il s'assit dans l'herbe et se prit la tête entre les mains pour réfléchir.

– Viens, dit gentiment Iggy quelques instants plus tard en lui donnant un coup de tête sur la jambe. Rentrons !

Ben essaya de sourire.

– Le petit déjeuner ! dit-il d'une voix plus joyeuse qu'il n'aurait cru. Je ne peux pas réfléchir en ayant l'estomac vide.

Iggy hocha la tête.

– Manger est souvent la meilleure façon de commencer un travail.

Ils se dirigèrent tranquillement vers la cuisine du numéro 27 d'Underhill Road, et se préparèrent un petit déjeuner digne d'un prince d'Eidolon et d'un grand explorateur connu sous le nom de Vagabond.

Puis ils se demandèrent ce qu'ils allaient faire maintenant, dans chacun des deux mondes.

TABLE

La photocomposition de cet ouvrage
a été réalisée par
GRAPHIC HAINAUT
59163 Condé-sur-l'Escaut

Cet ouvrage a été achevé d'imprimer en mars 2007
dans les ateliers de Normandie Roto Impression s.a.s.
61250 Lonrai (Orne)
N° d'impression : 07-0939
Dépôt légal : avril 2007

Imprimé en France